Le parole magiche
di Kengi
il Pensieroso

Paolo Lanzotti

Le parole magiche di Kengi il Pensieroso

Premio Città di Verbania 1997

Illustrazione di copertina
Stefano Pachí

PIEMME
Junior

I Edizione 1998
I Edizione brossura 2002

15033 Casale Monferrato (AL) – Via del Carmine, 5
Tel. 0142/3361 – Telefax 0142/74223
www.edizpiemme.it

Stampa: G. Canale & C. SpA - Borgaro Torinese (TO)

Prologo

ERA UNA TERRA lontana, dove scorrevano due fiumi capricciosi e la pianura si stendeva, piatta fino all'orizzonte, tra campi coltivati, canali d'irrigazione, paludi e canneti. A sud di questa terra si apriva il Mare Inferiore. A est, i monti dello Zagros. A ovest, l'arido deserto. Era la terra di Sumer, dove vissero gli uomini che chiamavano se stessi Teste Nere.

Le Teste Nere crearono la grande civiltà sumera, lasciandoci un complicato alfabeto con le lettere a forma di cuneo e migliaia di tavolette d'argilla. Molte storie furono scritte sulla superficie di queste tavolette. Storie di re, di Dei e di eroi leggendari. Storie di guerre e di conquiste. Storie d'amore.

Questa è una delle tante, anche se non parla né di re né di eroi.

Accadde dunque che, un giorno, in un villaggio a poche ore di cammino da Ur, la grande città sulle rive dell'Eufrate...

Parte Prima

1
Il fiume

– SBRIGATI CON QUELL'ACQUA, Kengi! Non perdere tempo come al solito.

Kengi il Pensieroso ebbe un sobbalzo.

– Arrivo subito – rispose, rivolto alla zia che lo stava guardando dalla porta di casa con aria di rimprovero.

Poi si mise a correre verso il fiume, sentendosi un po' in colpa. La voce di zia Ninkilisu lo aveva raggiunto mentre stava osservando, incantato, una grossa nuvola a forma d'asino che scivolava, lenta, sopra la sua testa. Nella terra di Sumer le piogge temporalesche si concentravano soprattutto nel periodo autunnale. Era parecchio tempo che non vedeva più una nuvola di grandi dimensioni. Gli era sembrato naturale fermarsi a osservare quello sbuffo biancastro, solitario e ritardatario, prima che il vento lo disperdesse. La nuvola a forma d'asino sembrava galoppare nell'azzurro, come se cercasse di raggiungere le compagne ormai scomparse in direzione del mare. Se tendeva l'orecchio, riusciva a sentire lo scalpiccio dei suoi zoccoli, il fruscio della coda, il raglio impaziente. Qualche attimo prima gli era sembrato perfino di vederla scuotere la testa. Ma lui aveva tredici anni. Gli adulti (si sa) hanno idee un po' diverse su ciò che una nuvola può fare, o non può fare. E anche se zio Ebil e zia Ninkilisu erano sempre stati buoni con lui, non permettevano che si perdesse tempo quando c'era del lavoro da sbrigare.

Kengi il Pensieroso corse al fiume più in fretta che poté, percorrendo il sentiero di terra battuta fra i canneti. Si sporse dall'argine e gettò in acqua la sacca di pelle cucita. Subito sentì un piccolo strappo e dovette stare attento a non lasciarsi sfuggire la corda dalle mani.

Era l'ultimo giorno d'aprile. La piena che ogni anno gonfiava l'Eufrate tardava ad arrivare. Il grande fiume era un gigante capriccioso (così lui aveva sempre sentito dire da zio Ebil). Nessuno poteva prevedere con esattezza quando si sarebbe risvegliato dal suo sonno invernale. Ma la corrente rapida e la superficie scura facevano capire che il momento era vicino. Presto il fiume si sarebbe sollevato, gonfio dell'acqua e dei detriti che venivano dalle lontane, misteriose, terre del nord. Presto avrebbe cercato di uscire dagli argini e di abbattersi sui campi, come il leone che si getta su una pecora e l'atterra col suo stesso peso, prima di azzannarla. Allora l'Eufrate sarebbe diventato un gigante sordo e cieco. E solo le preghiere agli Dei, i canali artificiali e gli argini rinforzati lo avrebbero tenuto a bada, impedendogli di cancellare il mondo così come aveva fatto, nei tempi leggendari dei primi re, il Grande Diluvio.

– Kengi, ancora non hai finito? Quell'acqua mi serve.

La voce di zia Ninkilisu, appena udibile a causa della distanza, ma chiaramente spazientita, gli fece capire d'essersi distratto di nuovo.

– Arrivo! – gridò.

E cominciò a ritirare la corda, riavvolgendola intorno al braccio. Fu allora che, sul fiume, comparve una barca.

Nei pressi del villaggio, l'Eufrate faceva un paio di curve e l'imbarcazione era rimasta nascosta, fino a quel momento, dietro ai salici che crescevano lungo la riva come un sipario ondeggiante di rami e di foglie. Era un barcone di media grandezza, con sei remi e una vela quadrata sull'unico albero. Le fiancate, dipinte di giallo e di rosso, affondavano nell'acqua: segno che la stiva era piena. Doveva essere il trasporto di un ricco mercante che tornava a Ur col suo carico di merci. E non era certo una presenza insolita, sull'Eufrate. Il grande fiume era una vera e propria strada d'acqua che barche, zattere e navi di tutti i generi percorrevano ogni giorno, da nord a sud, da sud a nord, trasportando legname, pietre da costruzione, olio, grano, bestiame e tutto ciò che poteva essere venduto e acquistato.

Fin da bambino Kengi aveva osservato le imbarcazioni variopinte che scivolavano sull'acqua davanti al villaggio. Fin da bambino aveva ascoltato il misterioso richiamo dei marinai che s'incitavano l'uno con l'altro nelle manovre, lo scricchiolio dei remi, la voce del vento che brontolava tra le vele. Uno dei suoi giochi preferiti era sempre stato cercare d'indovinare da dove venissero e cosa trasportassero. Anche quel giorno, nonostante i buoni propositi, non poté fare a meno di fermarsi a guardare.

Nel barcone c'erano una decina di uomini. La maggior parte stava seduta ai remi. Due erano in piedi e discutevano animatamente, gesticolando e scuotendo la testa con forza, come se stessero litigando. Il primo dei due (probabilmente il mercante proprietario dell'imbarcazione) era vestito con un gonnellino di lana, una mantellina e un copricapo ricamato. L'altro doveva essere un marinaio, o un servo, perché il suo aspetto era più modesto. Quando il barcone, seguendo la curva del fiume, fu abbastanza vicino alla riva, Kengi poté sentire qualcosa del loro litigio portato dal vento.

– ...sei un ladro!

– È una bugia... mai preso nulla...

– Bada... gli Dei ti guardano!

– ...giuro...

– ...appena arriviamo... giudici del re! Saranno loro a decidere.

Anche se le frasi gli arrivavano a pezzi, capì che il mercante stava accusando il servo di furto e che l'altro giurava sulla propria innocenza. Rimase a guardarli, incuriosito. I due uomini continuarono a litigare per qualche secondo. Poi, all'improvviso, quello che sembrava un marinaio lanciò un grido, alzò un bastone e colpì l'altro alla testa. Il mercante cercò di proteggersi con le mani, ma non poté evitare il colpo. Kengi lo vide barcollare, perdere l'equilibrio e precipitare in acqua. Dalla barca si alzarono subito delle voci allarmate. Gridando e incitandosi a vicenda, i marinai fecero forza sui remi per fermare l'imbarcazione. Ma nel punto in cui il mercante era caduto fuori bordo, la corrente era forte. Prima che gli uomini potessero organizzarsi, il barcone si era già allontanato di parecchie decine di metri.

Tutto era accaduto molto rapidamente e, per qualche momento, Kengi non poté far altro che fissare la superficie scura del fiume, gli occhi spalancati. L'uomo caduto in acqua era riaffiorato e adesso galleggiava, comparendo e scomparendo tra i gorghi. Trasportato dal fiume, il suo corpo scivolava via rapidamente, come una minuscola zattera senza remi. Ma l'uomo non si muoveva. Non cercava di nuotare e di raggiungere la riva, come sarebbe stato logico aspettarsi. Le braccia larghe e le gambe distese, rimaneva immobile nell'acqua, come se fosse svenuto, o annegato.

Kengi ebbe appena un attimo d'indecisione. Lasciò cadere la sacca e si mise a correre lungo la riva, cercando di non perderlo di vista. Il fiume continuò a trascinare con sé il mercante per qualche centinaio di metri, sommergendolo e riportandolo a galla più volte. Poi il corpo s'impigliò in un gruppo di canne che cresceva lungo la sponda, dove il fiume formava una piccola ansa e la corrente si placava.

Kengi si precipitò da quella parte, scendendo di corsa il ripido argine di terra e sassi. Immergendosi nell'acqua fino ai fianchi, i piedi nudi che affondavano nel fango, afferrò l'uomo per le spalle e prese a trascinarlo verso riva. Il mercante era un adulto alto e robusto, mentre lui era un ragazzino troppo piccolo e magro per la sua età. Anche se l'acqua quasi annullava il peso, dovette faticare. Finalmente riuscì a tirarlo sulla riva quel tanto che bastava perché la corrente non potesse più riafferrarlo e portarlo via. Lo guardò, ansimando. L'uomo era ancora vivo. Era svenuto, aveva una ferita sulla fronte, ma respirava, disteso sulla schiena, il petto che si alzava e si abbassava sotto la mantellina fradicia d'acqua. Kengi prese a scuoterlo gentilmente.

– Signore... – lo chiamò. – Signore.

D'improvviso, non molto lontano, si udirono delle voci.

– Di qua! Ho visto che andava da questa parte.

– No, è andato di là.

– È inutile. A quest'ora sarà in fondo al fiume.

– Ti dico che l'ho visto.

– Correte! Non perdete tempo.

Qualcuno si stava avvicinando, gridando e facendosi largo rumorosamente tra i canneti. Kengi capì subito che dovevano essere i marinai della barca. Remando contro corrente erano finalmente riusciti a fermare l'imbarcazione, erano scesi a terra, e adesso tornavano indietro di corsa, nel tentativo di soccorrere il padrone. Le loro voci aspre, irritate e nervose, gli diedero un brivido.

Improvvisamente ebbe paura. Gli sembrò di aver fatto male a occuparsi dell'uomo sconosciuto che giaceva sulla riva del fiume, semi affogato e privo di sensi. Il mercante portava una preziosa collana di lapislazzuli al collo e una cintura ornata da placchette d'argento ai fianchi. Forse, cadendo nell'acqua, aveva perso qualche altro ornamento costoso. Trovandolo vicino a lui, i marinai avrebbero potuto pensare che fosse un ladro. Anzi, lo avrebbero creduto sicuramente. In un lampo, con gli occhi della fantasia, Kengi si vide ai piedi del giudice che lo condannava alle peggiori punizioni per un reato che non aveva commesso. Ascoltò le parole della sentenza. Sentì i colpi di frusta sulla schiena. Senza pensarci due volte, si alzò di scatto e corse via. Mentre correva, il cuore in gola, udì una voce alle sue spalle che lo chiamava.

– Ragazzo, dove vai? Fermati, ragazzo!

Seguendo la corrente, Kengi si era allontanato parecchio dal villaggio. Continuò a correre a perdifiato, senza voltarsi.

Quando fu a casa, quasi non sentì i rimproveri di zia Ninkilisu che gli domandava dove avesse lasciato la sacca di pelle. Quasi non sentì il brontolio di zio Ebil che si chiedeva ad alta voce cosa avesse in testa, quel benedetto ragazzo capace solo di sognare a occhi aperti. Era troppo spaventato. Li lasciò fare, ben contento di poter subire i loro rimproveri nella tranquillità di un rifugio sicuro.

prima, ripetendo uno dei suoi proverbi preferiti.

Kengi si era lasciato sfuggire un lamento. Sapeva bene cosa significassero quelle parole. Dissodare i campi argillosi a colpi di zappa era un lavoro lungo e faticoso. Sotto il sole, la bocca si seccava, la schiena si piegava, le mani cominciavano presto a far male. E lui non era abbastanza forte, per resistere a quella fatica. Gli Dei che lo avevano fatto nascere contadino, per qualche loro misteriosa ragione non gli avevano dato né le braccia, né le gambe, né i polmoni adatti. Era piccolo. Mingherlino. Non riusciva a sollevare carichi pesanti. Con un attrezzo in mano si stancava quasi subito e doveva fare un vero sforzo di volontà e d'orgoglio per continuare il lavoro. Tutti, al villaggio, lo avevano detto, scuotendo la testa: il ragazzo che Ebil si era preso in casa, alla morte dei genitori, non sarebbe mai stato un bravo contadino. Con l'andar del tempo anche lui se n'era accorto e aveva cominciato a invidiare il cugino Jasma.

Jasma era un ragazzotto alto, dal petto largo e dai folti capelli ricci, che sarebbe diventato un contadino grande e grosso come suo padre. Aveva sedici anni ed era ormai un piccolo uomo. Con la falce era rapido e preciso. Con l'ascia sembrava instancabile. Nei campi afferrava la zappa con forza e la piantava tra i solchi vigorosamente, tirando su, ogni volta, larghe porzioni di terra. Da bambino Kengi aveva ammirato quel suo cugino, alto e robusto, che sembrava essere nato per affrontare i lavori più faticosi col sorriso sulle labbra. Da parte sua, nei primi anni Jasma si era comportato da vero amico e non gli aveva mai fatto pesare la propria superiorità. Purtroppo, col tempo le cose erano un po' cambiate. Crescendo, il figlio di zio Ebil era diventato dispettoso e (pur senza cattiveria) aveva cominciato a punzecchiarlo, a prenderlo in giro per la sua debolezza, come gli altri. Anche quel giorno, vedendolo tanto preoccupato all'idea del lavoro che l'aspettava, Jasma non si fece sfuggire l'occasione.

– Kengi, sei sicuro di voler prendere la zappa in mano? – gli chiese, ridacchiando, mentre si avviavano verso i campi, alla luce dell'alba. – Sarebbe meglio che rimanessi a casa, ad aiutare le donne.

Era solo uno scherzo. Ma Kengi se la prese, come al solito.

– Scommettiamo che finirò prima di te? – rispose, rosso in viso, stringendo i denti e drizzando la schiena.

– Certo – ribatté Jasma, divertito. – Se io mi mettessi a lavorare con una mano sola e con una benda davanti agli occhi, forse potresti anche farcela.

– Hai paura di scommettere?

– Paura? Devi essere proprio matto, Kengi. Io avrò finito il lavoro della giornata quando tu dovrai ancora cominciare.

– Allora scommettiamo. L'ultimo che finirà, andrà a prendere l'acqua al fiume, al posto dell'altro, per una settimana.

Kengi si gettò subito a zappare con tutte le sue forze e, naturalmente, perse.

Al tramonto Jasma aveva finito di dissodare la sua parte di terreno da un pezzo, mentre lui (che aveva dovuto fermarsi a riposare molte volte) era ancora a metà, sfinito e dolorante.

Così, in aggiunta al lavoro nei campi, si trovò a dover attingere l'acqua dal fiume anche quando quella seccatura quotidiana sarebbe toccata al cugino.

Veramente Jasma, dopo due giorni, s'impietosì.

– Va bene, Kengi: la scommessa è finita – gli disse. – Puoi smettere di prendere l'acqua al mio posto.

Ma Kengi non ne volle sapere.

– Niente affatto. Avevamo detto una settimana.

Il ragazzo che zio Ebil e zia Ninkilisu avevano adottato non era un campione di forza. Vedendolo spesso distratto, perduto nei propri sogni a occhi aperti, molti, al villaggio, mormoravano che non era nemmeno troppo intelligente. Ma l'orgoglio, quello sì: Kengi ne aveva sempre avuto da vendere. E con l'orgoglio aveva sempre avuto una testardaggine, una caparbietà, una determinazione molto più grandi di lui. Pagò tutto il suo debito. E alla fine di quella faticosissima settimana sarebbe stato pronto a fare un'altra scommessa, pur sapendo che non avrebbe potuto vincerla.

Fortunatamente Jasma evitò di prenderlo ancora in giro e la cosa finì là. Come se non bastasse, qualche giorno dopo, a cena, zio Ebil diede la notizia che tutti aspettavano da tempo.

– Domani io, Jasma e Kengi andremo in città a riprenderci la zappa – disse.

L'annuncio fu accolto con gioia dall'intera famiglia.

– Ah, se potessi venire anch'io – sospirò Libbi, la più piccola delle cugine di Kengi, masticando un cetriolo grande come la sua mano.

– Io non ci tengo proprio – brontolò la seconda cugina. – La città è rumorosa, le case sono piccole e le strade strette.

– Adesso la zappa ci porterà di nuovo fortuna – commentò, speranzosa, la terza cugina che, essendo la più grande, si aspettava da un momento all'altro d'essere chiesta in moglie da uno dei ragazzi del villaggio.

La zappa di cui stavano parlando era un attrezzo da lavoro con una preziosa particolarità: aveva una lama fatta di rame. Il paese di Sumer, così ricco d'acqua, di terra fertile e di cibo, mancava quasi completamente di legname, di pietre e soprattutto di metalli. Una zappa di rame era costosa e, per una famiglia di contadini, rappresentava una specie di piccolo tesoro da tramandare di padre in figlio. Kengi aveva sentito raccontare mille volte la storia di quell'attrezzo, donato da un ricco sacerdote al nonno dello zio, tanti anni prima. E sapeva che era diventato, per la famiglia, un vero portafortuna. Finché la zappa si trovava in casa, dèmoni e spiriti maligni sarebbero rimasti fuori della porta: questo pensava la famiglia di zio Ebil.

Purtroppo, il rame è un metallo tenero, poco resistente. A mano a mano che l'attrezzo veniva usato, la lama si rovinava. Così, ogni tanto, zio Ebil era costretto a portare la zappa in città, per farla fondere e ricostruire. L'ultima volta era successo tre settimane prima. Il fabbro, già carico di lavoro, aveva chiesto qualche giorno di tempo. Adesso era arrivato il momento di andare a riprendere il piccolo tesoro.

Pur non essendo inattesa, la notizia riempì Kengi di gioia. Il giorno dopo sarebbero tornati in città! A Ur, con le sue mura di mattoni, i portali decorati, i ponti che attraversavano il fiume, le case a due piani, le stradine strette e il continuo via vai di uomini e di animali! Dovette fare uno sforzo per nascondere l'improvvisa eccitazione.

Era sempre molto contento quando zio Ebil lo portava con sé, in città.

Nessuno lo sapeva, ma nella capitale del regno di Sumer si trovava il suo grande desiderio e il suo grande tormento. A Ur c'era quello che lui non si stancava mai di sognare a occhi aperti. A Ur c'era quello che lui, ogni volta, aspettava con ansia di rivedere, anche se, dopo, si sentiva terribilmente triste, malinconico e abbattuto. Di solito, tra una visita e l'altra trascorrevano alcuni mesi. Questa volta erano passate appena tre settimane.

Terminò la sua cena in fretta, disse d'essere stanco e andò a dormire con il cuore che gli batteva forte. Non vedeva l'ora che arrivasse l'alba. Ma se gli altri si fossero accorti della sua impazienza, non conoscendone i motivi lo avrebbero preso in giro, come al solito, chiamandolo "ragazzo con la testa tra le nuvole" e rovinandogli la festa. Preferì evitarlo. Si distese sulla stuoia e chiuse gli occhi, sorridendo. D'improvviso, la fatica del lavoro nei campi era dimenticata.

3
Un grande sogno

IL GIORNO DOPO, Kengi fu il primo a svegliarsi, appena un pallido chiarore illuminò il cielo e gli animali cominciarono ad agitarsi nei cortili. Ma, poiché non voleva farsi vedere troppo impaziente, rimase disteso sulla stuoia finché non si alzarono gli altri. La sua piccola recita fu così convincente che zio Ebil lo rimproverò e Jasma lo chiamò "lattante dormisempre". Kengi non ci badò. L'idea di rivedere la città lo riempiva di una gioia così grande che quei rimproveri, quelle canzonature, non riuscivano a toccarlo. Si lavò in fretta e uscì insieme con gli altri, salutando la zia e le cugine che avevano già cominciato a lavorare in cucina.

– Dove vai, Ebil? – chiese il loro vicino di casa, quando passarono davanti alla sua porta.

– Vado in città – rispose lui. – Vado a riprendermi la zappa.

– Attento a non perderti – scherzò l'altro. – E soprattutto, attento a non perdere il piccolo Kengi.

Zio Ebil fece una risata.

– Ci penserò io a Kengi – intervenne Jasma. – Lo legherò con una corda e lo porterò in giro come un cagnolino.

Erano le solite, vecchie battute, e Kengi sbuffò, seccato. Tutti, al villaggio, avevano l'abitudine di prenderlo in giro per la sua continua distrazione. "Kengi il Pensieroso", lo chiamavano. E aggiungevano, ridendo, che un giorno si sarebbe dimenticato di mangiare e sarebbe morto di fame. Non erano cattivi, gli abitanti del villaggio. Erano solo un po' noiosi. Alzò le spalle e tirò dritto, senza rispondere.

La prima tappa fu il magazzino comune del villaggio. Zio Ebil avrebbe potuto recarsi a Ur da solo. Ma, per ricostruire la zappa di rame, il fabbro aveva chiesto come pagamento cinque misure d'orzo, cinque fasci di canne e due stuoie intrecciate. Era un carico piuttosto ingombrante e un uomo non avrebbe potuto trasportarlo da solo, senza un asino, o un carro. Zio Ebil, Kengi e Jasma divisero la merce in modo proporzionato alla loro corporatura, si caricarono tutto sulle spalle e presero la strada che seguiva il corso dell'Eufrate. Normalmente, di buon passo ci sarebbero volute circa quattro ore per raggiungere la grande città che sorgeva a poca distanza dal Mare Inferiore.

Un po' appesantiti dal carico, camminarono per tutta la mattina. Finalmente, in lontananza apparvero le mura della città e i piani più alti della ziqqurat: il grande tempio a gradoni, la meraviglia delle meraviglie che sorgeva al centro di Ur.

Anche se non si era lamentato neppure una volta, negli ultimi chilometri Kengi aveva cominciato a sentire chiaramente la fatica. Ma quella vista lo rinvigorì. Impaziente, raggiunse il ponte che attraversava l'Eufrate, insieme a zio Ebil e a Jasma, e si unì agli altri contadini, alle donne, ai mandriani e ai carrettieri che aspettavano, in fila, di poter entrare. Al di là del fiume, le mura di Ur s'innalzavano alte e poderose, specchiandosi nel corso d'acqua come un'immensa diga di mattoni dorati.

Quando fu il loro turno, si affrettarono ad attraversare il ponte e a raggiungere il portale d'ingresso. I soldati di guardia lanciarono un'occhiata al carico che portavano sulla schiena, ma li lasciarono passare senza difficoltà, fermando invece il carro che veniva dopo di loro, per un controllo.

Finalmente erano in città.

Come sempre, la prima cosa che colpì Kengi fu l'odore acuto e pungente delle immondizie abbandonate davanti alle case.

Poi la confusione, il chiacchierio, il rumore. Poi ancora quel senso di disorientamento che lo colpiva sempre, mentre percorreva le strade polverose e affollate, dove ogni abitazione sembrava uguale ed era difficile ricordare la direzione.

– Resta vicino a me, Kengi – gli disse zio Ebil. – Bada di non perderti.

La raccomandazione lo infastidì, ma non troppo. Ur non era un posto dove gli sarebbe piaciuto perdersi.

Le strade di terra battuta, strette e irregolari, erano percorse da un continuo via vai di uomini, donne e animali che s'incrociavano, ostacolandosi a vicenda. I bambini correvano e schiamazzavano. I conducenti di asini gridavano, chiedendo strada. I mendicanti, i cantastorie, i venditori di vasi, quelli che offrivano sandali di cuoio o ciotole dipinte, urlavano per attirare l'attenzione dei possibili clienti. Qua e là, degli operai, sudati e bianchi di polvere, intonacavano una parete, riparavano un muro, o costruivano una casa con mattoni d'argilla e paglia. Mentre stavano passando, a pochi metri da loro una donna urtò accidentalmente la pila di cesti di un venditore ambulante, rovesciandola e facendo scoppiare un furioso litigio. Dovunque regnava la confusione più assoluta. E c'era sempre quell'odore pungente d'immondizie che ristagnava nell'aria come una nube invisibile.

Seguendo la folla, a volte sgomitando, altre volte zigzagando tra bancarelle, asini e carretti, zio Ebil, Jasma e Kengi raggiunsero il quartiere dei fabbri, lungo la riva destra del canale che attraversava la città.

Quando li vide arrivare, l'artigiano a cui avevano affidato il lavoro, qualche settimana prima, cominciò subito a brontolare e a lamentarsi.

La zappa era molto rovinata, disse. Lui aveva dovuto perdere tempo e aveva fatto una grande fatica. A causa di quell'attrezzo era stato costretto a rifiutare altri incarichi. Insomma, gli accordi presi a suo tempo non valevano più. Bisognava che lo pagassero in misura maggiore di quanto avevano stabilito.

Zio Ebil si mise a gridare, dandogli del ladro e dell'imbroglione. Il fabbro urlò a sua volta, chiamandolo "ignorante contadino". Presto, intorno ai due litiganti si formò un capannello di uomini, donne e bambini che seguivano il battibecco con interesse e commentavano ad alta voce, parteggiando per l'uno o per l'altro.

Kengi non ci badò. Sapeva che la discussione sarebbe andata avanti per un pezzo. Era l'occasione che aveva aspettato.

– Jasma, io mi allontano per qualche minuto – disse sotto voce.

Il cugino lo fissò, la fronte corrugata.

– Dove vai? – chiese.

– Non ti preoccupare.

– Papà non vuole che ci allontaniamo.

– Torno subito. Non se ne accorgerà nemmeno.

– Ma...

– Ti ho detto che torno subito – concluse Kengi. – Tu non fare la spia.

E si allontanò, prima che l'altro potesse fermarlo.

Finalmente libero, corse con tutta la velocità di cui era capace. Non fu un tragitto lungo. Il quartiere dei fabbri si trovava vicino alla zona sacra. Gli bastò attraversare un ponte sul canale e percorrere poche centinaia di metri fino al tempio di Nannar, il Dio Luna.

Il tempio era completamente circondato da un alto muro di cinta. Kengi raggiunse l'ingresso secondario, sul retro, e gettò un'occhiata nell'ampio cortile che s'intravedeva di là della porta. Era la scuola di Ur: quella che le Teste Nere chiamavano "la Casa delle Tavolette".

Nel cortile, decine di ragazzi di varie età stavano schiamazzando sotto lo sguardo severo di alcuni adulti. Erano gli studenti: i futuri scribi del regno. Evidentemente avevano appena finito il pranzo di mezzogiorno e si stavano godendo qualche minuto di libertà prima di cominciare le lezioni pomeridiane, controllati dagli Addetti alla Frusta (così venivano chiamati i sorveglianti), pronti a intervenire se qualcuno avesse esagerato.

I ragazzi più grandi stavano seduti sotto

il porticato, chiacchierando tra loro. I più giovani si rincorrevano rumorosamente, cercando di sfogare in quei pochi minuti il bisogno di muoversi che avevano trattenuto per tutta la mattina. Kengi li osservò, uno a uno. E, come sempre, provò per quei ragazzi un'invidia immensa. Loro andavano a scuola. Loro stavano imparando la magia della scrittura. Loro erano i fortunati: quelli che gli Dei amavano di più. Nascosto dietro a uno dei pilastri dell'ingresso, rimase a guardarli tristemente, le labbra strette e la fronte corrugata.

Nel cortile, gli studenti continuarono a chiacchierare, a rincorrersi e a gridare sotto lo sguardo degli Addetti alla Frusta, ignari che, appena di là della porta, un piccolo ragazzo di tredici anni li stava fissando con invidia e malinconia.

KENGI IL PENSIEROSO aveva scoperto la magia della scrittura tre anni prima, un mattino di giugno.

Quel giorno, un funzionario statale incaricato di riscuotere le tasse per conto del re aveva raggiunto il villaggio con quattro carri e una mezza dozzina di aiutanti. L'uomo si era messo a fare il giro delle famiglie, raccogliendo l'orzo e il grano che spettava, per legge, ai magazzini reali. Quando si era fermato davanti alla loro casa aveva parlato brevemente con lo zio, aveva controllato la merce, poi si era messo a tracciare alcuni segni misteriosi su una tavoletta d'argilla, usando una cannuccia appuntita. Quel gesto aveva incuriosito Kengi che, senza pensarci troppo, aveva cominciato a seguire l'esattore nel suo giro. A ogni casa lo aveva visto controllare la merce, caricarla sui carri e tracciare sulla tavoletta dei segni che sembravano tanti piccoli "chiodini". Sempre più incuriosito, aveva continuato a seguire il funzionario, osservandolo con attenzione. Finalmente l'uomo si era accorto di lui.

– Perché mi stai seguendo? – gli aveva chiesto, irritato. – Perché mi guardi così?

Balbettando un po', Kengi gli aveva chiesto cosa fossero i segni che disegnava sull'argilla e a cosa servissero. Davanti a tanta insistenza, un altro funzionario lo avrebbe cacciato in malo modo, ordinandogli di non disturbare il suo lavoro. Ma l'uomo giunto al villaggio quel giorno era un giovane scriba al suo primo incarico. Molto orgoglioso di sé, ben felice di potersi vantare con qualcuno della propria attività, gli aveva risposto che i segni tracciati nell'argilla si chiamavano scrittura, e che la scrittura serviva per non dimenticare.

– Nei segni dell'alfabeto c'è il nome di tutte le cose – aveva concluso, con orgoglio. – Niente può sfuggire alla memoria delle tavolette.

Poi gli aveva mostrato i "chiodini" che significavano fiume, grano, casa e villaggio. Aveva pronunciato ad alta voce l'insieme dei segni che formavano la parola *Ebil* (il nome di suo zio). Aveva aggiunto che la riga scritta accanto al nome voleva dire: *oggi, il contadino Ebil ha versato cinquanta misure d'orzo per i magazzini del re.*

Kengi aveva seguito quelle spiegazioni con la bocca aperta e gli occhi spalancati. Lui era sempre stato un bambino pieno di fantasia, ma ciò che il giovane scriba gli stava raccontando andava al di là d'ogni sua immaginazione. Che nei segni tracciati sull'argilla ci fosse il nome di tutte le cose e che questi nomi potessero essere resi visibili con la punta di una semplice cannuccia, era un'idea che lo lasciava senza fiato. Le tavolette d'argilla (lo aveva capito improvvisamente) erano come una voce che parlava agli occhi anziché alle orecchie. Un mormorio senza parole che conteneva tutte le parole del mondo.

Tremando per l'eccitazione, si era reso conto di aver fatto la più grande scoperta della sua vita e aveva chiesto altre spiegazioni. Un po' spazientito, il funzionario gli aveva raccontato che l'arte della scrittura s'imparava frequentando la scuola: la Casa delle Tavolette che si trovava a Ur, presso il tempio del dio Nannar. Imparare a scrivere non era facile. Bisognava lavorare duramente, per anni e anni, sotto la guida severa dei maestri. I caratteri dell'alfabeto erano più di cinquecento. Gli studenti dovevano copiarli e ricopiarli mille volte, finché imparavano a tracciarli nell'argilla con sicurezza e a pronunciarli ad alta voce senza errori. I maestri erano molto esigenti. Pretendevano grande impegno e disciplina. Se uno studente si mostrava pigro, disattento o incapace, veniva frustato. Se, nonostante la punizione, continuava a non impegnarsi, veniva portato davanti al direttore della scuola (il cosiddetto "Padre della Casa") e la punizione era ancora più dura.

Studiare era molto costoso, aveva aggiunto l'esattore delle tasse. Gli studenti (se già non venivano da una famiglia di scribi) erano tutti figli di sacerdoti, di funzionari statali, o di ricchi mercanti. Un semplice contadino non sarebbe mai stato accolto in quel ristretto gruppo di fortunati.

Udendo le parole dello scriba, Kengi aveva sentito una stretta al cuore. Aveva sempre saputo che il destino degli uomini viene deciso dagli Dei. «I re nascono re. I barcaioli nascono barcaioli.» Lo aveva sentito dire spesso, dagli adulti del villaggio. Ma solo quel giorno si era reso conto davvero di cosa significasse. Lui non avrebbe mai conosciuto la magia della scrittura, perché era nato contadino. Per qualche loro misterioso motivo, gli Dei avevano voluto così. E così sarebbe stato. I desideri degli uomini non contavano nulla, ai loro occhi.

Erano passati tre anni dal giorno in cui, per caso, aveva conosciuto la magia della scrittura. Zio Ebil lo aveva portato a Ur altre volte. In molte di quelle occasioni Kengi era riuscito a tornare, di nascosto, davanti alla scuola del tempio, sentendosi sempre più triste e malinconico all'idea che non avrebbe mai potuto attraversarne la soglia. Tre anni non erano bastati a farlo rassegnare al proprio destino. Anche se questa era la volontà degli Dei onnipotenti, non era giusto che lui non potesse imparare la magia della scrittura. Non era giusto.

4
Lugaresi

FORSE PERCHÉ la tristezza è contagiosa, forse perché quel lungo cammino aveva stancato un po' tutti, il ritorno da Ur non fu allegro. Zio Ebil, Jasma e Kengi camminarono uno dietro l'altro, lungo la strada che costeggiava il fiume. Si fermarono una sola volta, per consumare una piccola colazione. Poi ripresero la marcia e arrivarono a destinazione a metà pomeriggio.

Appena furono al villaggio, si resero conto che doveva essere accaduto qualcosa. Davanti alla loro casa si era raccolta una folla di donne, vecchi e bambini. A parte gli uomini, ancora impegnati nei campi, sembrava che l'intera comunità si fosse riunita davanti alla porta, a parlottare e gesticolare.

– Eccoli! – cominciarono a gridare tutti, appena li videro.

– Sono tornati.

– Largo! Fate largo!

La piccola folla si aprì, per lasciarli passare. La stuoia che proteggeva la porta si scostò e sulla soglia comparve zia Ninkilisu, l'espressione un po' agitata.

– Finalmente siete tornati.

– Cosa succede? – chiese zio Ebil, allarmato.

– È arrivato un funzionario del re – spiegò zia Ninkilisu. – Ha fatto delle domande in giro e poi ha chiesto di noi. Ha detto che avrebbe atteso il vostro ritorno e io l'ho fatto entrare. È in casa che aspetta.

Zio Ebil corrugò la fronte.

– Cosa può volere, da me, un funzionario del re? Non ho debiti e ho sempre pagato le tasse regolarmente.

– Non è te che vuole – spiegò zia Ninkilisu, a disagio. – Ha chiesto di parlare con nostro figlio.

– Jasma?

– No, Kengi.

Sempre più sorpreso e allarmato, zio Ebil si voltò a guardarlo. Kengi non trovò di meglio che abbassare gli occhi. Improvvisamente aveva l'impressione di sapere chi fosse l'uomo che li stava aspettando in casa e l'idea lo spaventava a morte.

– Cosa vuole da te un funzionario del palazzo? – gli chiese zio Ebil, accigliato, dopo un attimo d'esitazione.

– Non lo so – mentì lui, arrossendo.

– Kengi, dimmi la verità – intervenne zia Ninkilisu. – Non avrai rubato, vero?

– Non dire sciocchezze! – l'interruppe subito zio Ebil. – Kengi avrà la testa fra le nuvole, ma è un bravo ragazzo.

– È vero – riconobbe lei. – Ma allora, perché quell'uomo gli vuole parlare?

– C'è un solo modo per saperlo – tagliò corto zio Ebil.

Ed entrò, deciso.

Come tutte le abitazioni del villaggio, la casa era una costruzione in mattoni crudi, con il tetto di canne. All'interno c'erano uno stanzone principale (che faceva da cucina e luogo di riunione) e tre stanze molto più piccole, divise da sottili muri di terra battuta. Una quarta stanzetta, sulla destra, era un deposito per il cibo e per gli attrezzi. La casa non aveva finestre e la luce, fioca, filtrava da alcune aperture nel soffitto. Il mobilio era praticamente inesistente: solo qualche stuoia, qua e là, per sedersi e per dormire, due scaffali in legno di palma su cui era sistemato il vasellame e un tavolo basso, al centro dello stanzone.

Zia Ninkilisu aveva fatto accomodare l'ospite sulla stuoia più bella.

Altri due uomini (servitori, o guardie del corpo) stavano in piedi alle sue spalle, a rispettosa distanza. Sul tavolo erano allineati alcuni pani dolci: il meglio che potessero offrire a un ospite di riguardo. Ma i pani non erano stati toccati.

Quando zio Ebil entrò, con passo deciso, l'uomo che si era presentato come funzionario del re si alzò in piedi.

– Salute a te, Ebil – disse. – Ti stavo aspettando.

– Salute a te – ricambiò lui, fissandolo con diffidenza.

– Il mio nome è Lugaresi. Sono mercante, funzionario del palazzo e ambasciatore di re Shulgi presso i popoli amici di Ur.

– La tua presenza ci onora.

– Mi hanno detto che hai due figli maschi.

– È così, infatti. Il primo è mio figlio naturale. Il secondo è il figlio di un mio fratello che ho adottato alcuni anni fa.

– Vorrei parlare con il più giovane.

– Il più giovane è Kengi. Cosa può volere, da lui, un nobile signore come te?

– Te lo spiegherò volentieri, Ebil. Ma prima ho bisogno di vederlo. Me ne dai il permesso?

– Devo pensarci un momento – concluse zio Ebil, sulla difensiva.

Nascosto dietro le sue spalle, Kengi dovette fare uno sforzo per trattenere un brivido. Come aveva immaginato, il funzionario del re era la stessa persona che lui aveva salvato dall'annegamento qualche giorno prima. I suoi timori stavano per avverarsi. Se quell'uomo lo aveva cercato non poteva essere che per un motivo. Cadendo nel fiume doveva aver perso qualcosa di prezioso e, non trovandolo, aveva pensato a un furto. Come avrebbe fatto a convincerlo che lui gli si era avvicinato solo per aiutarlo, che non aveva rubato nulla?

Il funzionario era un individuo alto e magro, con un naso aquilino, capelli neri e una barba ben curata. Sulla fronte portava ancora i segni della ferita che gli era stata inferta, qualche giorno prima, al fiume. Ma questo piccolo segno di sfortuna scompariva davanti all'impressione di sicurezza che l'uomo emanava. I suoi abiti eleganti, i monili d'argento che portava ai polsi, lo indicavano chiaramente come un uomo ricco. Lo sguardo deciso, l'atteggiamento fiero, tradivano la sua abitudine a comandare. Era evidente che si trattava di una persona importante. Cosa avrebbe potuto contare la parola di un ragazzo, davanti alla sua?

Quasi paralizzato per la paura, sperò che zio Ebil lo mandasse via. Ma Ebil rimase in silenzio per parecchi secondi, come se non sapesse cosa fare. Finalmente prese la sua decisione.

– Mio figlio Kengi è qui – disse, a malincuore. – Puoi parlare con lui, se vuoi. Ma in mia presenza.

Poi si voltò dalla sua parte, gli posò una mano sulla spalla e lo spinse avanti, delicatamente.

Di colpo, Kengi si trovò sotto lo sguardo

indagatore dell'uomo dalla barba nera. Sentì che le gambe gli si stavano piegando e dovette fare appello a tutto il suo orgoglio per non cadere.

– È lui? – chiese il mercante, rivolto a uno dei due uomini alle sue spalle.

– Non ci sono dubbi, nobile Lugaresi – rispose l'altro. – È passato non lontano da me, quel giorno. L'ho visto bene.

Istintivamente Kengi cercò di arretrare. Ma la mano di zio Ebil, ancora posata sulla sua spalla, glielo impedì.

– Io... – balbettò, sentendosi in trappola. – Io... non ho fatto niente.

– Di che cosa è accusato, mio figlio? – intervenne zio Ebil.

Per la prima volta il mercante parve sorpreso.

– Accusato? – replicò. – Tuo figlio non è accusato di nulla.

– Allora perché sei qui? – continuò zio Ebil, poco convinto.

Il funzionario fece un sospiro.

– Mi accorgo che c'è stato un equivoco – spiegò, finalmente. – Io non sono venuto per punire tuo figlio, ma per pagare il debito che ho con lui.

Zio Ebil, zia Ninkilisu, Jasma e le sorelle (ormai erano entrati tutti in casa), si guardarono sorpresi. Approfittando di quell'attimo di stupore generale, il mercante si avvicinò a Kengi. Lo fissò negli occhi.

– Tu sai chi sono io, vero? – chiese con calma.

Incapace di parlare per la tensione, Kengi si limitò a fare un cenno con la testa.

– Qualche giorno fa, tu mi hai salvato la vita – continuò il mercante. – I miei uomini mi hanno raccontato tutto. Senza il tuo intervento, sarei annegato. Ma quando loro hanno cercato di fermarti, sei fuggito via. Perché?

– Avevo paura che mi avessero preso per un ladro – riuscì finalmente a rispondere Kengi, con un filo di voce.

– Capisco – concluse il nobile Lugaresi. – Avresti dovuto avere più fiducia negli Dei e negli uomini. Ma non importa. Adesso ti ho trovato ed è questo che conta. Cosa posso fare per pagare il mio debito, Kengi? Esprimi liberamente i tuoi desideri. Puoi chiedermi quello che vuoi.

– Io... – mormorò – io non so cosa dire.

– Avanti, Kengi – lo incoraggiò zia Ninkilisu. – Hai sentito: puoi chiedere tutto quello che vuoi.

– Posso chiedere davvero qualsiasi cosa? – domandò.

– Qualsiasi cosa appartenga al mondo degli uomini e non a quello degli Dei – rispose il mercante, con un sorriso.

– Allora... allora vorrei un asino per zio Ebil. Quello che avevamo è morto.

– Tuo zio avrà l'asino migliore delle mie

stalle. Ma è un desiderio da poco. Cos'altro vuoi?

– Un carro che permetta alla mia famiglia di andare in città senza dover fare la strada a piedi.

– La tua famiglia avrà il carro. E poi?

– Degli abiti di città, per zia Ninkilisu e le mie cugine. Anche se loro sono molto brave a tessere e a cucire, so che li desiderano. E poi, le mie cugine, prima o poi, dovranno sposarsi. Degli abiti nuovi, come quelli che portano le donne di Ur, arricchiranno il loro corredo.

– Una bambola! – intervenne la piccola Libbi.

– Libbi! – cercò di zittirla zia Ninkilisu.

– E anche una bambola – si affrettò ad aggiungere Kengi.

Per la seconda volta il nobile Lugaresi fece un sorriso.

– Tua zia avrà gli abiti più belli che riuscirò a trovare a Ur – rispose, l'espressione divertita. – Le tue cugine potranno contare su un ricco corredo e la piccola Libbi avrà la sua bambola. Ma ancora una volta, Kengi, ti devo dire che questi sono desideri da poco. Non hai nient'altro da chiedermi?

Kengi rifletté per qualche momento.

– Da molti anni la mia famiglia possiede una zappa di rame – riprese, finalmente. – È un oggetto prezioso, ma si rovina presto. Vorrei che zio Ebil potesse avere una zappa di metallo più forte e resistente, da lasciare a mio cugino Jasma quando sarà grande.

Alle sue spalle, Jasma si lasciò sfuggire un'esclamazione di stupore. Il nobile Lugaresi scosse la testa.

– Sei uno strano ragazzo, Kengi – osservò. – Naturalmente farò portare alla tua famiglia la zappa che mi chiedi. Una zappa di bronzo, molto più resistente di quella che avete. E alla zappa aggiungerò anche una falce e un coltello del metallo migliore. Ma tu continui a chiedermi doni per gli altri. Pensi ai tuoi zii e ai tuoi cugini. Non c'è nulla che tu voglia per te stesso? Non c'è un desiderio che tu abbia sempre sognato di realizzare?

Kengi il Pensieroso trattenne il respiro. Oh, sì: c'era qualcosa che lui desiderava! Un sogno segreto. Una fantasia impossibile che stava portando nel cuore da anni, senza avere il coraggio di confidarla a qualcuno. Aveva sempre pensato che quella cosa sarebbe rimasta un sogno a occhi aperti. Ma il nobile Lugaresi lo aveva invitato a chiedergli tutto ciò che apparteneva al mondo degli uomini. L'idea che avrebbe potuto esprimere anche quel desiderio lo faceva stare male per l'emozione. Esitò, senza riuscire a trovare le parole. Per qualche attimo ebbe l'impressione che non avrebbe mai avuto il coraggio di parlare.

– Io... io vorrei frequentare la Casa delle Tavolette e diventare scriba – riuscì a mormorare finalmente.

L'effetto di quelle parole fu sorprendente. D'improvviso l'atmosfera si raggelò. Il sorriso sparì di colpo dalle labbra dei suoi familiari, sostituito da un'espressione di profonda incredulità. Lo stesso Lugaresi non poté trattenere un gesto di stupore. Per parecchi secondi tutti continuarono a guardarsi l'uno con l'altro, in un silenzio indeciso e imbarazzato. Fu zio Ebil il primo a riprendersi dalla sorpresa.

– Ma cosa dici, Kengi? – mormorò. – Un contadino appartiene alla terra. Non può diventare scriba, lo sai.

– Chi ti ha messo in testa queste idee, Kengi? – aggiunse zia Ninkilisu, fissandolo allarmata.

– Sono gli Dei che decidono il destino degli uomini – tornò zio Ebil. – E gli Dei hanno voluto che tu nascessi contadino. Non puoi andare contro la loro volontà. Anche solo pensarlo è una bestemmia.

Il nobile Lugaresi corrugò la fronte.

– Hai espresso uno strano desiderio – commentò a sua volta. – Davvero non me lo sarei aspettato. Ho promesso di darti quello che vuoi e manterrò la mia parola. Tuttavia, temo che i tuoi zii abbiano ragione. Io non so se il destino degli uomini sia davvero deciso dagli Dei, come dicono i sacerdoti del tempio. Ma non ho mai saputo di un contadino che sia diventato scriba.

Kengi sentì una stretta al cuore.

– Io... capisco – balbettò, solo perché, nella confusione, non gli veniva in mente nient'altro.

Il nobile Lugaresi si accorse della sua delusione. Sembrò rendersi conto che la risposta lo aveva colpito dolorosamente.

– E così, tu vorresti diventare scriba – ripeté, l'espressione pensierosa. – Ma sai cosa vuol dire? Lo sai davvero? La vita di uno studente è molto diversa da quella che conosci, Kengi. Per diventare scriba bisogna frequentare la Casa delle Tavolette. Bisogna studiare ogni giorno, esercitandosi per ore e ore, seduti su una stuoia con la tavoletta d'argilla sulle ginocchia e lo stilo nella mano. I maestri sono severi. Se l'esercizio non è fatto bene, ti puniscono con la frusta e ti costringono a ricominciare da capo. A scuola non ci sono campi su cui correre, né animali con cui giocare, né un fiume dove tuffarsi con gli amici quando fa caldo. Nella Casa delle Tavolette c'è solo la fatica dello studio. Davvero vuoi questo?

Kengi scosse la testa. Rivelare a tutti il suo grande segreto era stato una sciocchezza. Ora la gente del villaggio avrebbe avuto un'altra buona ragione per prenderlo in giro e chiamarlo "ragazzo con la testa fra le nuvole".

– Dimentica quello che ho detto – si affrettò a rispondere, gli occhi bassi. – Hai già promesso molte cose alla mia famiglia. Non desidero altro.

Nonostante la buona volontà, le sue parole suonarono terribilmente false. Di nuovo, il mercante se ne accorse.

– Va bene – concluse, dopo un'esitazione. – Ho promesso che ti avrei dato quello che desideri e lo farò. Io conosco il direttore della scuola. Maestro Duga, il Padre della Casa, è stato il mio insegnante e ora è mio amico. Parlerò con lui. Gli dirò che un giovane contadino vorrebbe diventare scriba. Cercherò di convincerlo ad accoglierti come studente. Naturalmente, se verrai accettato, dovrai vivere a Ur. Ma questo non è un problema. Pagherò io tutte le spese e ti ospiterò nella mia casa per l'intero periodo degli studi. È tutto ciò che ti posso promettere. Tuttavia, temo che ci sarà un ostacolo insuperabile. Quanti anni hai, Kengi?

– Tredici.

– Questo è un problema. Per poter apprendere l'arte della scrittura bisogna cominciare a esercitarsi fin da bambini. I ragazzi che entrano nella scuola per la prima volta sono molto più giovani di te. Non so se maestro Duga accetterà uno studente che ha già tredici anni. Ma ci proverò – concluse il mercante.

Poi si voltò verso zio Ebil.

– Hai uno strano figlio – disse. – Desiderare la sapienza non è da tutti.

Fece un cenno di saluto e uscì, seguito dai suoi uomini.

In casa nessuno si mosse. Finalmente zio Ebil sembrò voler dire qualcosa. Aprì la bocca. Fissò Kengi, indeciso.

– Kengi... – mormorò finalmente. – Sei stato molto generoso. Noi... ti ringraziamo per le belle cose che hai voluto donarci. Ma...

S'interruppe. Corrugò la fronte. Per un attimo sembrò sul punto di riprendere. Poi invece si voltò e uscì in silenzio, come se non fosse riuscito a trovare le parole.

– Io... non ti capisco, Kengi – mormorò zia Ninkilisu. – Perché vuoi andare via? Perché vuoi lasciare tutto ciò che conosci e affrontare un mondo così diverso dal tuo? Non sei contento di stare con noi? Forse Ebil ha ragione: nella tua testa c'è uno spirito maligno che ti sussurra parole cattive.

Kengi fece per rispondere. Ma zia Ninkilisu uscì a sua volta, con le tre figlie, prima che lui potesse pescare le parole adatte dal mare di confusione che aveva nella testa. L'ultimo a lasciare la stanza fu il cugino.

– Avresti potuto chiedere qualsiasi cosa – osservò Jasma, con una voce incredula, prima di andarsene come gli altri. – Il mercante ti avrebbe dato cibo, sementi, attrezzi e animali. Forse anche dell'argento. E invece tu gli hai chiesto di... di andare a scuola. Sei davvero matto.

Kengi il Pensieroso rimase solo nella penombra della casa, gli occhi bassi e il cuore pesante. Aveva fatto uno sbaglio. Ora, il meno che potesse capitare era che tutti, al villaggio, lo considerassero matto, come aveva detto Jasma. E forse avrebbero avuto ragione. Qualche volta lui stesso non riusciva a capirsi. Cos'era quel demone maligno che gli mormorava cattive parole (come diceva zio Ebil) e lo spingeva a vedere, nelle cose, ciò che nessun altro vedeva? Cos'era quella forza invisibile che gli cresceva dentro e lo spingeva a desiderare ciò che nessun altro sembrava desiderare?

Il cuore pesante, un senso di vuoto nello stomaco, si gettò sulla stuoia e rimase a fissare la penombra, tristemente. Non avrebbe dovuto rivelare agli altri il suo grande segreto. Era stato uno sciocco. E come se non bastasse (se ne accorgeva solo adesso), nella confusione aveva anche lasciato andare via il mercante senza ringraziarlo della sua generosità. Zio Ebil e zia Ninkilisu avevano ragione. C'era qualcosa, nella sua testa. Qualcosa che lui stesso non riusciva a capire. E che adesso lo spaventava.

5
Addio al villaggio

I GIORNI CHE SEGUIRONO l'incontro con il nobile Lugaresi furono difficili.

Nello scoprire il suo desiderio nascosto, la famiglia era rimasta molto più sorpresa e impressionata di quanto Kengi avrebbe potuto immaginare. Quasi a voler fingere che non fosse accaduto nulla di strano, zio Ebil, zia Ninkilisu, Jasma e le cugine si sforzavano di trattarlo come al solito. Ma, al di là delle apparenze, Kengi avvertiva nei loro gesti, nei loro sguardi, nelle loro parole, un disagio profondo. Era come se, agli occhi della sua stessa famiglia, lui fosse diventato improvvisamente un estraneo, un ospite inatteso con cui nessuno sapeva in che modo comportarsi. A volte li vedeva parlottare, sottovoce. A volte si accorgeva che lo stavano guardando con aria perplessa e pensierosa. Altre volte ancora (ed erano i momenti peggiori), lui doveva combattere contro l'impressione che stessero cercando di evitarlo.

– Perché non ci vuoi più bene? – gli chiese, una mattina, la piccola Libbi, lasciandolo triste e sconcertato.

Un altro giorno, mentre stava lavorando nei campi, sotto il sole che gli seccava la gola e gli bagnava la fronte di sudore, il cugino Jasma gli si avvicinò, imbarazzato.

– Senti Kengi – gli disse. – Ho pensato che forse vuoi andartene perché ti prendo sempre in giro. Ma io non lo faccio con cattiveria, sai? È solo uno scherzo. Non devi prendertela per questo.

Una sera, tornando dal fiume con la sacca piena d'acqua tra le mani, Kengi udì, senza volerlo, una breve conversazione dei suoi genitori adottivi.

– Ho sempre saputo che era un ragazzo strano – stava dicendo zio Ebil. – Ma non avrei immaginato che fosse ambizioso.

– Credo che nessuno di noi lo abbia mai capito – rispose zia Ninkilisu. – Kengi è... diverso.

– Quella sua aria distratta. Quella sua testa sempre tra le nuvole. Sapevo che aveva dentro uno spirito cattivo.

– E se invece avesse ragione lui?

– Che vuoi dire?

– Se riuscisse a completare gli studi potrebbe diventare funzionario statale.

– Una cosa simile non è mai accaduta, lo sai bene.

– Gli scribi del re sono ricchi e potenti.

– Kengi è un contadino: gli Dei stessi hanno voluto così. Tentare di cambiare la propria condizione è male. Significa sfidare la loro volontà.

– Eppure...

– Andare contro la volontà degli Dei è male – ripeté zio Ebil, lo sguardo cupo. – E noi non gli abbiamo insegnato queste cose. A volte lo guardo e mi chiedo se è la stessa persona che abbiamo visto crescere insieme ai nostri figli. Dove abbiamo sbagliato, Ninkilisu? Come abbiamo potuto permettere che l'ambizione lo allontanasse dalla strada giusta, fino a questo punto?

Quella sera, finalmente, Kengi si rese conto che nessuno lo aveva capito. La piccola Libbi credeva che volesse lasciare la famiglia perché non l'amava più. Jasma pensava che si fosse offeso per le sue canzonature. Gli zii credevano che volesse diventare ricco e potente. Ciascuno di loro interpretava il suo sogno in modo diverso ed erano tutti ugualmente lontani dalla verità. Avrebbe voluto spiegarsi. Avrebbe voluto raccontare loro ciò che provava davanti alla magia della scrittura. Ma non conosceva le parole adatte. E poi, anche se avesse provato, né gli zii né i cugini erano rimasti incantati, come lui, dalla voce delle tavolette d'argilla. Non avrebbero capito.

Si allontanò senza far rumore, perché i suoi genitori adottivi non si accorgessero che li aveva sentiti e non credessero che li stava spiando. Ma, mentre tornava verso il fiume, prese una decisione solenne: anche se fosse riuscito a diventare scriba, avrebbe continuato a fare il contadino.

«Io voglio imparare a scrivere» pensò. «Voglio ascoltare con gli occhi il racconto delle tavolette d'argilla. Il resto non conta. Quando avrò imparato, tornerò a casa e lavorerò nei campi, come avevano deciso gli Dei. Lo giuro.»

KENGI IL PENSIEROSO aveva fatto quella solenne promessa a se stesso nella convinzione che il nobile Lugaresi avrebbe mantenuto la sua parola. Ma nei giorni seguenti sembrò che le cose dovessero andare diversamente.

Il tempo passava e i regali promessi dal mercante non arrivavano. In compenso, la gente del villaggio aveva preso a evitarlo. Il suo sogno di andare a scuola era ormai conosciuto da tutti. Non riuscendo a capire un desiderio così insolito, così estraneo al loro mondo, le persone che lo avevano visto nascere, i suoi amici, i conoscenti, avevano cominciato a guardarlo con sospetto. Erano contadini, come i loro padri erano stati da sempre. La Casa delle Tavolette era un luogo lontano, oscuro e misterioso, di cui avevano appena sentito parlare. La scrittura era un dono che il grande Dio Enki, all'alba dei tempi, aveva fatto a pochi uomini scelti, perché potessero comandare e guidare gli altri. Pur avendola vista praticare spesso dagli scribi che giungevano al villaggio per controllare i raccolti, misurare i campi e riscuotere le tasse, la magia dell'argilla parlante era qualcosa di cui avevano perfino un po' paura. L'idea che uno di loro (un contadino, per giunta un ragazzo di tredici anni) potesse desiderare quel dono divino per sé, li faceva corrugare la fronte e scuotere la testa.

Orgoglioso com'era, lui fingeva di non accorgersene. Ma a volte era difficile. Un giorno sentì alcuni ragazzi che parlavano di lui, chiamandolo "Kengi il Matto". Un'altra volta rimase molto scosso quando la figlia dei vicini (una bambina di sette anni) afferrò il fratellino più piccolo, che gli si era avvicinato, e lo trascinò via, dicendo:

– Devi stare lontano da Kengi. Ha uno spirito cattivo che abita nella sua testa. Me l'ha detto la mamma.

Presto non seppe più cosa desiderare. L'idea di andare a scuola, l'idea di poter conoscere il mistero delle tavolette d'argilla, lo riempiva di felicità e d'eccitazione. Eppure, cominciava quasi a sperare che il mercante si fosse dimenticato di lui. A tredici anni non si può rimanere soli, senza famiglia e senza amici. Se il nobile Lugaresi non si fosse fatto vivo, lui avrebbe visto svanire il più grande sogno della sua vita. Ma, in compenso, col tempo tutti avrebbero dimenticato e, forse, le cose sarebbero tornate come prima.

E i giorni passarono senza che Kengi riuscisse a capire cosa desiderava davvero.

Verso la metà del mese, finalmente, arrivò l'attesa inondazione dell'Eufrate. Sotto il caldo sole di primavera, il livello dell'acqua cominciò a salire. Era un'acqua scura, carica di terra e di detriti. Un'acqua veloce e gorgogliante, su cui galleggiavano cespugli secchi, alberi spezzati e carogne di animali annegati, chissà dove, lungo il corso del fiume o di qualche suo affluente.

Dopo aver discusso a lungo, i vecchi del villaggio furono d'accordo nell'affermare che stava per arrivare una piena particolarmente forte. I segni erano chiari. E loro ricordavano molto bene le inondazioni passate. Questa volta c'era la possibilità che il fiume rompesse gli argini.

Quasi a confermare quella previsione dettata dall'esperienza, da Ur arrivò l'ordine di aprire le paratie dei canali di contenimento, per permettere all'acqua di scorrere più facilmente e di defluire verso il mare.

– Tutte le paratie devono essere sollevate finché la piena non sarà passata! – gridò il messaggero che portava l'ordine di villaggio in villaggio. – Assicuratevi che i canali siano sgombri e tenete gli animali lontani dalle rive!

L'ordine di re Shulgi venne eseguito senza esitazioni. Poi, anche se al villaggio non c'erano sacerdoti che potessero parlare con gli Dei, vennero sacrificate alcune misure di grano, d'orzo e di farro, perché il dio Nannar e la sua sposa Ningal intervenissero a calmare il gigante cieco, prima che fosse tardi.

Nonostante l'apertura delle paratie e il sacrificio agli Dei, il fiume continuò a salire, finendo inevitabilmente col superare gli argini più bassi. Come avevano previsto i vecchi del villaggio, alcuni campi furono allagati e diventarono altrettanti acquitrini in cui le gambe degli uomini e le zampe degli animali affondavano, impantanandosi. Le strade di collegamento con Ur vennero interrotte in più punti.

Lo sguardo cupo, la fronte corrugata, per alcuni giorni la gente del villaggio continuò a osservare il fiume in piena, trattenendo il respiro.

– Bisognerà fare economia – calcolavano le donne, parlando fra di loro, mentre tessevano, o intrecciavano cesti di vimini sulla porta di casa. – Il prossimo anno i bambini potrebbero non avere abbastanza cibo per crescere.

– Gli Dei hanno deciso di punirci – dicevano gli uomini del villaggio. – Questo è un nuovo Diluvio.

Erano tutte esagerazioni, naturalmente. Ma il pericolo appariva reale. Alcuni vuotarono i magazzini, accatastando le provviste dove l'acqua non poteva arrivare, anche se questo significava vigilare continuamente contro gli animali selvatici. Altri misero in salvo gli asini e i buoi. Tutti si prepararono al peggio.

Invece, con la sua solita imprevedibilità, alla fine della settimana l'Eufrate smise di salire e cominciò a ritirarsi. L'acqua rientrò negli argini, i campi allagati vennero rapidamente prosciugati dal forte sole primaverile e tutto tornò alla normalità. Il villaggio si concesse un'intera giornata di festeggiamenti. Ancora una volta le terre di Sumer erano salve. La volontà degli Dei e la saggezza degli uomini che avevano costruito i canali, prosciugato le paludi e innalzato gli argini con mattoni e bitume, avevano placato il gigante cieco. Anche per quell'anno si poteva tirare un sospiro di sollievo.

Il villaggio festeggiò. Ma i vecchi, osservando la grande quantità di terra e di detriti che il fiume aveva lasciato dietro di sé, scossero la testa. Non era ancora finita. Rimaneva un ultimo, importante compito da svolgere, e presto re Shulgi avrebbe dato l'ordine. Ancora una volta, il tempo diede ragione alla loro esperienza.

Qualche giorno dopo il passaggio della piena, da Ur arrivò un messaggero reale.

– Il re ordina che tutti gli uomini dei villaggi formino subito delle squadre, per ripulire i canali – gridò il messaggero, davanti alla gente riunita. – Dalla capitale arriveranno i funzionari incaricati di dirigere il lavoro. Ciascun capo villaggio sarà responsabile per la propria gente. Ogni altra attività dovrà essere sospesa, finché i canali non saranno scavati per una profondità sufficiente a renderli sicuri.

Gli uomini brontolarono un po', ma solo per abitudine. I vecchi lo avevano previsto e tutti sapevano che l'ordine del re era saggio. La vasta rete di canali artificiali che percorreva le terre di Sumer, da nord a sud, era un tesoro prezioso che andava curato e protetto. I canali portavano l'acqua del Tigri e dell'Eufrate fin quasi al deserto, dissetando terre che altrimenti sarebbero rimaste inutilizzabili. I canali alleggerivano le piene primaverili, impedendo ai grandi fiumi di sommergere ogni cosa e di trasformare i campi in paludi acquitrinose. I canali erano strade d'acqua, grazie alle quali ogni genere di merce poteva raggiungere comodamente il resto del mondo. I canali erano cibo, commercio e sicurezza, per il popolo delle Teste Nere. Erano la vita. Quindi, ogni tanto, gli argini di mattoni e bitume dovevano essere riparati e rinforzati. Il letto (che tendeva a riempirsi) andava scavato in profondità. Le paratie di legno dovevano essere controllate e sostituite. Dopo un'inondazione forte come quella appena terminata, era logico che il re ordinasse al suo popolo di mettersi al lavoro. Uno dei suoi compiti più sacri era proprio tenere in ordine la rete dei canali, per salvaguardare la produzione annuale di cibo e, con essa, il benessere dell'intero paese.

Arrivarono, qualche giorno dopo, un pomeriggio, sul tardi, i funzionari incaricati di dirigere i lavori. E, insieme con loro, arrivò anche qualcos'altro.

Kengi fu il primo a vedere i due carri che si erano fermati davanti alla casa di zio Ebil. Capì subito che il nobile Lugaresi non si era dimenticato di lui e sentì un tuffo al cuore. Legati a uno dei carri c'erano gli asini più belli che lui avesse mai visto. Quando, sotto gli occhi sgranati degli zii e dei cugini, il conducente scostò la stuoia di vimini che ricopriva il carico, tutti videro apparire due magnifiche zappe di bronzo, due falci e due lunghi coltelli dello stesso metallo, molti abiti femminili, una bellissima bambola di legno e stoffa, e perfino alcuni gioielli in argento, corniole e lapislazzuli.

Il mercante era stato anche più generoso di quanto avesse promesso. La famiglia di zio Ebil era diventata ricca. Ma, davanti a quell'improvvisa fortuna, Kengi rimase in disparte, confusamente spaventato.

Dopo aver mostrato a tutti i doni del mercante, il conducente del primo carro si rivolse a zio Ebil.

– Il nobile Lugaresi ti saluta.

– Ricambio il saluto – balbettò Ebil, ancora frastornato dalla ricchezza che gli era piovuta addosso.

– Il mercante vi invia questi doni, come aveva promesso al giovane Kengi, e chiede se il ragazzo desidera ancora frequentare la scuola. Se è così (e se i suoi genitori sono d'accordo), ho l'incarico di portarlo con me, in città, a Ur.

– Subito?

– Questi sono gli ordini che ho ricevuto. Il nobile Lugaresi ha ottenuto che il ragazzo possa frequentare la Casa delle Tavolette come studente alle prime armi. Ma per poterlo fare, dovrà vivere in città. Il mercante, mio padrone, lo ospiterà finché sarà necessario, occupandosi di lui come se fosse un suo parente. Questo è ciò che dovevo riferire – concluse il carrettiere.

Era arrivato il momento di prendere una decisione. Nonostante l'avessero atteso, tutta la famiglia si voltò a guardare Kengi con l'espressione smarrita di chi è stato colto alla sprovvista da un avvenimento inaspettato.

– Vuoi andare? – chiese zia Ninkilisu, dopo qualche attimo d'esitazione.

Kengi (che alle parole del carrettiere si

era sentito svenire) dovette fare appello a tutto il suo orgoglio per rispondere, la voce tremante.

– Se vado via, voi non mi vorrete più bene.

La risposta sembrò prendere tutti di sorpresa.

– Ma cosa dici, Kengi? – intervenne zio Ebil. – Noi non potremo mai smettere di volerti bene, qualunque cosa tu decida di fare. Sei nostro figlio. Fai parte della famiglia, anche se... anche se qualche volta non riusciamo a capirti.

– Guarda dentro di te, Kengi – lo invitò zia Ninkilisu. – Se frequentare la scuola è davvero ciò che desideri, vai dal mercante e fai del tuo meglio. Noi saremo sempre qui ad aspettarti.

– Me lo giuri?

– Te lo giuro.

– Allora andrò – concluse Kengi.

E finalmente scoppiò a piangere.

Zia Ninkilisu lo prese tra le braccia e lo strinse forte. Kengi non tentò nemmeno di calmarsi. Ora che la decisione era stata presa, la tensione, l'incertezza, la paura gli scoppiavano dentro tutte insieme. Doveva lasciare il villaggio. La mattina, svegliandosi, non avrebbe più visto gli zii e i cugini accanto a sé. La sera, davanti al piatto con la cena, sarebbe stato solo. Nonostante tutto, fino a quel momento non ci aveva mai pensato. E adesso, la realtà gli piombava sulle spalle come un sacco di grano troppo pesante, schiacciandolo.

Continuò a piangere finché non ebbe più lacrime. Poi si asciugò gli occhi e salutò i familiari, abbracciandoli uno per uno.

– Sii uomo, Kengi – gli raccomandò zio Ebil. – Sii onesto, non dire bugie e non fare mai del male.

– Cerca d'essere prudente – gli disse zia Ninkilisu. – Mangia e non stancarti troppo.

Jasma gli strinse la mano.

– Sei un bravo fratello – mormorò, a disagio.

– Torna presto – conclusero semplicemente la piccola Libbi e le cugine.

Se non se ne fosse andato subito, Kengi si sarebbe messo a piangere di nuovo. Poiché non aveva nulla da portare con sé, a parte il gonnellino di lana e i sandali di cuoio che indossava, fece un ultimo saluto con la mano e salì sul secondo carro in attesa. Il conducente incitò gli asini e gli animali si avviarono, scuotendo la testa.

Mentre il carro si allontanava, Kengi il Pensieroso si voltò verso la sua casa. Tutta la famiglia era là che l'osservava, in piedi davanti alla porta. Zio Ebil, zia Ninkilisu, Jasma e le cugine. Ora gli sembrava che non li avrebbe rivisti mai più. Continuò a guardarli in silenzio, il cuore gonfio di tristezza, finché il carro uscì dal villaggio e tutto scomparve alle sue spalle.

6
Ur

PER KENGI IL PENSIEROSO, il viaggio più importante della sua vita era iniziato alla fine di un caldo pomeriggio di primavera. Il sole era ancora forte. Quieti e tenaci, i due asini procedevano sicuri tra i campi coltivati. Il pesante mezzo di trasporto correva verso Ur, lungo la strada che Kengi aveva percorso tante volte insieme a zio Ebil e a Jasma. Ma, quel giorno, con lui non c'era nessuno.

Quando le ultime case del villaggio erano scomparse alle sue spalle, Kengi aveva provato un momento di terrore. Il cuore in gola, le guance rosse, aveva avuto l'impressione che un periodo molto importante della sua vita fosse finito per sempre. Che una barriera invisibile si fosse alzata tra lui e la sua infanzia. Che non sarebbe più potuto tornare indietro. Si era sentito solo e sperduto. Come sempre, aveva dovuto fare appello a tutto il suo orgoglio per calmarsi. In fondo non era stato venduto al mercante come schiavo e il villaggio era solo a poche ore di cammino dalla città. Se avesse voluto tornare a casa avrebbe potuto farlo liberamente, in qualsiasi momento.

Per distrarsi un po' e allontanare da sé i pensieri più tristi, si rivolse al conducente che fissava la strada, silenzioso.

– Che uomo è il nobile Lugaresi? – chiese, la voce incerta.

Il carrettiere rispose senza voltarsi.

– È un uomo giusto e generoso.

– Credi che mi troverò bene, nella sua casa?

– Hai paura? È comprensibile. Sei solo un bambino. Probabilmente è la prima volta che ti allontani dalla tua famiglia.

L'osservazione era stata fatta senza ironia. Ma Kengi ebbe ugualmente l'impressione d'essere preso in giro, come accadeva spesso al villaggio.

– Io non ho paura – rispose, imbronciato, drizzando la schiena. – Chiedevo solo... per sapere.

L'uomo fece un lieve sorriso.

– Hai paura – ripeté. – Ma non c'è motivo. Se volevi un protettore, non potevi scegliere niente di meglio.

– Protettore? – replicò Kengi, perplesso. – Cosa vuoi dire?

Questa volta il divertimento del carrettiere fu evidente.

– Gli hai salvato la vita – rispose. – È un debito che uomini come Lugaresi non dimenticano. Se ti comporterai lealmente, se non sarai avido o disonesto, potrai ricavare grandi vantaggi dalla fortuna che ti è capitata.

Kengi ebbe l'impressione che, in quelle parole, ci fossero dei sottintesi che non riusciva ad afferrare.

– Io voglio solo andare a scuola – replicò, incerto.

– Se è possibile, il nobile Lugaresi farà in modo che tu ci vada – confermò il carrettiere, l'aria pensosa. – Ma ti do un consiglio: stai attento. Mentre sarai impegnato nello studio, godrai dell'ospitalità del mercante. E l'ospitalità di Lugaresi è una fortuna che desiderano in molti. Nella casa del mercante troverai persone per le quali tu rappresenti un concorrente inatteso e pericoloso. Capisci cosa voglio dire?

– No, non capisco – ammise, onestamente.

Per la prima volta il carrettiere si voltò dalla sua parte e lo fissò, accigliato.

– Il nobile Lugaresi aveva una moglie e un figlio che amava molto – disse. – Alcuni anni fa, il carro su cui stavano viaggiando si rovesciò nel fiume. Madre e figlio annegarono insieme. Il mercante non si è più ripreso da quella tragedia. Non ha mai voluto risposarsi, né diventare padre di nuovo. Tutto questo significa che la sua casa è rimasta senza eredi. Capisci cosa vuol dire?

– Vuol dire che... quando il mercante non ci sarà più, nessuno porterà il suo nome.

– È vero. Ma vuol dire anche che nessuno avrà diritto legale alla sua eredità. Sai che cos'è un'eredità?

– Certo. È come la zappa di rame che zio Ebil ha ricevuto da suo padre e che lascerà a mio cugino Jasma, quando morirà.

– Non so niente di questa zappa, ma mi sembra che tu abbia capito. Il mercante è un uomo molto ricco. Possiede fattorie, campi coltivati, case, depositi pieni d'orzo e di grano, metalli e pietre preziose, navi che percorrono i fiumi e i mari, commerciando con tutte le terre conosciute. È una ricchezza che fa gola a molti. Parecchia gente spera di potersene impadronire, in un modo o nell'altro.

– E cosa c'entro io, con tutto questo?

– Il nobile Lugaresi ha un grande debito, con te. Gli hai salvato la vita. Se tu riuscissi davvero a diventare scriba, potrebbe decidere di nominarti amministratore di tutti i suoi beni. Potrebbe perfino adottarti e fare di te l'erede delle sue ricchezze.

– Ma io non voglio le sue ricchezze! – protestò Kengi. – Io voglio andare a scuola.

Per la seconda volta il carrettiere si voltò a fissarlo, la fronte corrugata.

– Forse delle ricchezze del mercante non t'importa nulla. Ma quello che importa o non importa a te, non conta. Nella casa del nobile Lugaresi incontrerai persone che darebbero un braccio per essere al tuo posto. Aiutanti, scribi, uomini di fiducia, perfino vecchi servi e schiavi. Tutti sperano di diventare eredi del mercante, in qualche modo. E probabilmente cercheranno di liberarsi della tua presenza al più presto. Dovrai stare attento. Diffidare di tutti.

– Anche di te? – chiese Kengi che cominciava a preoccuparsi.

Il carrettiere fece una risata.

– Forse non ci crederai, ma per me il nobile Lugaresi è più un amico che un padrone – rispose. – Insieme, abbiamo visto tante terre lontane, abbiamo affrontato tante difficoltà e tanti pericoli che mi sarebbe impossibile pensare di ingannarlo. È un amico. E se tu sei amico suo, sei anche amico mio.

Kengi lo fissò più intensamente. Il carrettiere era un uomo di media statura, robusto, le braccia forti, il volto abbronzato e una folta capigliatura nera raccolta sulla nuca con una cordicella attorcigliata. Ebbe l'impressione che fosse un uomo leale e sincero. Non avrebbe saputo dire perché, ma sentì di potersi fidare.

– Come ti chiami? – chiese.

– Il mio nome è Irmu.

– Dunque, Irmu, non dovrò avere paura di te. Ci sono altri di cui potrò fidarmi?

– Io ti consiglio di non fidarti di nessuno

– concluse Irmu, con un sorrisino acido. – Ma se proprio ne avrai bisogno, rivolgiti a Puabbi: la vecchia nutrice di Lugaresi. È una donna che sa farsi valere, non ha paura di nessuno e ha sempre avuto una certa influenza sul padrone. Con lei potrai stare tranquillo. Ma adesso basta chiacchierare. Parli più di una serva pettegola.

Kengi avrebbe avuto molte altre domande da rivolgergli. Ma Irmu sembrava un uomo di poche parole ed era meglio non infastidirlo. Si ripromise di parlargli in un altro momento, si sistemò sul carro e cominciò a guardarsi attorno, pensieroso.

Per tutto il resto del viaggio non aprirono più bocca.

Al ponte sull'Eufrate, i soldati di guardia lanciarono un'occhiata al carro, fermarono la fila di uomini e donne in attesa, e li fecero passare davanti a tutti, gridando:

– È un carro di Lugaresi! Via, fate largo!

Notando l'espressione stupefatta e intimorita di Kengi, Irmu fece un sorrisino.

– Dovrai abituarti – commentò. – Il tuo protettore è un uomo molto potente e ben conosciuto.

Kengi non poté far altro che rimanere in silenzio, più confuso che mai. Ma, quando ebbero attraversato il grande ingresso di mattoni cotti, imboccarono una strada che lui non aveva mai percorso.

E, lungo quel tragitto, scoprì che il suo stupore era destinato a crescere ancora, ogni momento di più.

Non era la prima volta che si recava a Ur. Eppure, la parte della città che stava scorrendo sotto i suoi occhi gli era del tutto sconosciuta. I quartieri che attraversavano erano puliti e ordinati. Le strade erano spesso fiancheggiate da grandi giardini, con piante e fiori che emanavano un gradevole profumo. I carrettieri e i conducenti di asini procedevano con prudenza, senza gridare. I passanti camminavano con calma. Perfino i mendicanti (molto pochi, in realtà) sedevano quieti davanti alle case, limitandosi ad aspettare un gesto caritatevole in silenzio. Dov'erano il frastuono e la confusione che lui aveva sempre conosciuto? Dov'erano l'odore pungente delle immondizie abbandonate davanti alle case, la polvere che entrava nella gola e faceva tossire? Era come se la capitale delle terre di Sumer fosse, in realtà, due città una dentro l'altra. Con zio Ebil aveva conosciuto quella disordinata, sporca, rumorosa e maleodorante. Ora ne stava scoprendo un'altra, molto più bella.

Continuò a guardarsi attorno, con stupore, finché Irmu fermò il carro davanti a una costruzione bianca.

– Siamo arrivati.

Istintivamente Kengi si mise a osservare la casa che sarebbe stata la sua abitazione nei prossimi mesi. Era un edificio molto grande, a due piani, con un cortile lastricato sul davanti. La porta era sopraelevata e vi si arrivava salendo tre gradini. La facciata, liscia e senza finestre, era abbellita con decorazioni geometriche di ceramica verde e gialla lungo il perimetro. Alla luce rossiccia del tramonto, l'insieme dava un'idea di ordine e di pulizia.

Dimensioni a parte, non c'erano segni che indicassero il potere e la posizione sociale del proprietario. Ma quasi metà della costruzione, partendo dalle fondamenta, era fatta di mattoni cotti anziché crudi: un sicuro segno di ricchezza, come gli aveva spiegato zio Ebil una volta.

Per qualche secondo Kengi continuò a osservare la casa, in silenzio. Poi Irmu scese dal carro e a lui non rimase che seguirlo, a un passo di distanza, un po' intimorito. Attraversarono il cortile fiancheggiato da alcune palme e salirono i tre gradini. Prima che potessero raggiungere la porta, nel riquadro comparve una bella donna sui vent'anni. Lei fissò subito Kengi con uno sguardo duro, irritato.

– E così, tu saresti quello nuovo – commentò. – Abbiamo già molti servi in questa casa. Non c'era proprio bisogno di portarne un altro.

– Kengi non è un servo, Hekun: è un ospite – la riprese Irmu, seccamente. – Farai bene a ricordartelo, se non vuoi che dica due parole al padrone.

La giovane donna alzò le spalle, con aria seccata. Ma si fece da parte e li lasciò entrare senza aggiungere altro.

Passandole accanto, Kengi la guardò brevemente. La donna che il carrettiere aveva chiamato Hekun era una ragazza dal viso ovale, la pelle liscia, il naso piccolo, le labbra grandi e lunghi capelli scuri, trattenuti sulla testa da una fascia di stoffa azzurra. Era davvero molto bella. Ma i suoi occhi erano pieni di una durezza, di un'arroganza, di una cattiveria che la imbruttivano come i segni di una malattia. Se quello di Hekun era il benvenuto che poteva aspettarsi, la sua permanenza nella casa del nobile Lugaresi sarebbe stata anche più difficile di quanto avesse temuto.

– Non lasciarti spaventare – mormorò Irmu, come se avesse intuito i suoi pensieri. – Hekun è solo una delle tante persone che lavorano per il mercante. La sua opinione non conta, ricordatelo.

– Non mi aveva mai visto prima d'oggi – ribatté Kengi. – Perché mi odia?

– Te l'ho detto: questa è una casa di lupi – concluse il carrettiere. – E tra tutte le belve che circondano il nobile Lugaresi, pronte a gettarsi sulla sua ricchezza alla prima occasione, Hekun è una delle peggiori. È pazza. Sa di essere molto bella e si è messa in testa addirittura di sposare il padrone. È talmente convinta di riuscirci, prima o poi, che si comporta già come se fosse la regina della casa. Guardati da lei: sarà la tua nemica più pericolosa.

Kengi fece per replicare, ma non ne ebbe il tempo. Parlando, avevano percorso un breve corridoio ed erano arrivati nel grande cortile quadrato, a cielo aperto, che costituiva lo spazio centrale dell'edificio. Sul ballatoio del piano superiore era comparso il nobile Lugaresi.

– Ti do il benvenuto, Kengi – disse subito il mercante, dall'alto. – Sapevo che non avresti cambiato idea. Spero che ti troverai bene, tra noi.

– Ne sono... ne sono certo – rispose lui, confuso.

– Immagino che avrai fame e che vorrai mangiare – proseguì Lugaresi. – Fai con calma. Sei a casa tua. Ho fissato un appuntamento con il direttore della scuola per domani mattina. Maestro Duga, il Padre della Casa, ha acconsentito a concederti un periodo di prova. Sarà lui stesso a spiegarti tutto, domani. Nel frattempo, ti prego di scusarmi. Ho molte cose da fare. Irmu ti accompagnerà in cucina. Ci vedremo più tardi.

Kengi fece un cenno con la testa e seguì il carrettiere.

Senza una parola, Irmu si era diretto verso una delle tante porte che si affacciavano sul cortile centrale della casa. Nella cucina (uno stanzone pulito e ordinato, con lunghi scaffali di legno pieni di piatti, pentole e vasellame d'ogni genere), trovarono ad aspettarli una donna anziana, non molto alta, dal volto rugoso e dai lunghi capelli bianchi.

– Tu devi essere Kengi – lo accolse subito la donna, osservandolo con interesse.

– Sì, signora – rispose lui, timoroso.

– Non chiamarmi signora. Il mio nome è Puabbi.

– Sì, signora – ripeté Kengi.

Al suo fianco, Irmu fece una risata.

– Il ragazzo è confuso. Ha bisogno di tranquillità.

– E magari anche di qualche focaccia dolce – aggiunse Puabbi. – I giovani hanno bisogno di nutrirsi spesso e bene.

Gli fece segno di sedere su una stuoia distesa in un angolo, gli mise in mano alcune focacce di grano cotte al forno e le cosparse abbondantemente di un denso sciroppo di datteri. Un po' per la tensione, un po' per le mille novità, un po' per la stanchezza, Kengi non aveva fame. Ma non ebbe il coraggio di rifiutare. Fece un cenno di ringraziamento, sedette meglio sulla stuoia e si mise a mangiare.

La vecchia Puabbi accese un lume a olio (ormai il sole era tramontato). Poi uscì dalla cucina, insieme con Irmu, forse per lasciarlo tranquillo. Kengi li sentì parlottare tra loro, in cortile, e riuscì ad afferrare qualche parola.

– Povero bambino... – stava dicendo Puabbi. – È spaventato.

– ...bisognerà stare attenti... – replicò Irmu. – Ho un presentimento...

– Assomiglia un po' a... Ha i suoi stessi...

– Forse... Ma non è lui: non dimenticarlo... In questa casa è un estraneo e...

– Gli starò vicino.

– Mi piace... Sembra intelligente.

– ...piace anche a me...

Kengi ricordò quello che gli aveva detto Irmu durante il tragitto dal villaggio alla città. Puabbi era stata la nutrice del mercante Lugaresi ed era l'unica persona, in quella casa, di cui avrebbe potuto fidarsi. Fu contento che la donna avesse espresso dei giudizi positivi su di lui. Orgoglio a parte, si rendeva conto d'essere molto più impaurito, confuso e incerto di quanto avesse creduto possibile. La lontananza della famiglia cominciava già a pesargli. Quella casa piena d'estranei lo intimoriva. L'idea di avere almeno due amici (il carrettiere e la vecchia nutrice) lo confortava. Era un po' come trovarsi ancora accanto a zio Ebil e a zia Ninkilisu. Quasi.

Terminò di mangiare le focacce dolci. Bevve un sorso d'acqua. Poi si sdraiò sulla stuoia e chiuse gli occhi. Voleva solo riflettere un po', con calma, su tutto quello che gli era capitato nelle ultime ore. Ma la stanchezza e la tensione gli giocarono un brutto scherzo. Poco a poco, senza accorgersene, si addormentò.

7
La Casa delle Tavolette

– KENGI.

La voce che lo chiamava da lontano penetrò nel sonno lentamente.

– Kengi.

Lui aprì gli occhi. Ancora confuso nel dormiveglia, intravide un uomo dalla barba nera, chino sulla stuoia.

– Nobile Lugaresi – balbettò. – Devo essermi addormentato per qualche minuto.

– Hai dormito tutta la notte – lo corresse il mercante, divertito. – Avrei voluto farti portare in camera tua, ma riposavi così bene che ho preferito lasciarti stare. Ora però devi svegliarti. Abbiamo un appuntamento, ricordi?

Kengi fece un cenno con la testa. Certo: avevano un appuntamento molto importante, quella mattina. Un appuntamento che avrebbe potuto cambiare la sua vita, in un modo o nell'altro.

– Lavati e mangia qualcosa – proseguì Lugaresi. – Nel cortile dietro la casa troverai acqua e sapone. Ma cerca di fare in fretta. Maestro Duga ci aspetta.

Kengi non se lo fece ripetere.

Uscì nel cortile posteriore e si lavò. Poi tornò in cucina, mangiò due focacce e bevve una ciotola di latte.

Quindi uscì insieme con Lugaresi. Nel cortile interno trovarono ad aspettarli la vecchia Puabbi, la donna che Kengi aveva sentito chiamare Hekun e due uomini che portavano in mano delle grosse tavolette d'argilla.

– Mi assenterò per qualche tempo – disse loro Lugaresi. – Aspetto il comandante di una nave. Se dovesse arrivare prima del mio ritorno, pregatelo di attendere.

– Sarà fatto – rispose uno degli uomini.

– Il carico in partenza questa mattina dal Porto Settentrionale dev'essere ricontrollato. Te ne occuperai tu, Alalgar.

– Lo controllerò personalmente – assicurò il secondo uomo.

Poi gli porse una tavoletta fittamente coperta dai segni della scrittura. Lugaresi passò sull'argilla il suo sigillo personale (un cilindretto d'avorio, sulla cui superficie erano scolpiti dei piccoli animali in corsa), dando così conferma agli ordini che, evidentemente, erano contenuti nella tavoletta.

– Il mio padrone ha qualche ordine per

me? – si affrettò a intervenire Hekun, un largo sorriso tra le labbra.

– Confido nel tuo giudizio – rispose Lugaresi. – Governa la casa come sempre e non litigare con Puabbi, almeno oggi.

Hekun fece un cenno con la testa e sorrise di nuovo. Ma quando il mercante si allontanò, la sua espressione cambiò bruscamente.

– Bada di non fargli perdere tempo, moccioso – mormorò sottovoce, rivolta a Kengi. – Il tempo di un mercante vale oro. E il padrone ha già trascurato molti affari, per causa tua, negli ultimi giorni.

Kengi sentì un brivido. Lo sguardo con cui la giovane donna aveva accompagnato le sue parole era stato gelido. Per un attimo, lui aveva visto balenare negli occhi di Hekun un odio velenoso. Ne ebbe paura. Corse via, seguendo il mercante che era già uscito sulla strada. Quando lo ebbe raggiunto, il nobile Lugaresi si accorse del suo spavento, ma l'attribuì al nervosismo per il prossimo incontro con il direttore della scuola.

– Non devi temere, Kengi – disse. – Maestro Duga è un uomo severo, ma giusto.

– Sì, signore – balbettò lui.

– Come pensavo, ci sono stati dei problemi – proseguì Lugaresi, avviandosi. – Ma Duga ha accettato di sottoporti a un periodo di prova. Alla fine di questo periodo, deciderà se farti entrare nella scuola come gli altri, oppure no. Naturalmente non sarebbe necessario, per te, frequentare la Casa delle Tavolette: potrei pagarti le lezioni di un maestro privato. Ma gli scribi migliori vengono dalla scuola del tempio. Quindi, faremo questo tentativo. Te la senti?

– Io... credo di sì.

– Ne ero certo. Vorrei solo che ricordassi una cosa: diventare scriba non è facile. Se tu dovessi fallire, non dovrai prendertela troppo. Ci sono altre cose, nella vita, oltre alle tavolette d'argilla. Capisci cosa voglio dire?

– Sì, signore – mormorò Kengi.

Ma era stata solo una risposta di cortesia. Se non fosse riuscito a realizzare il suo grande sogno, la vita sarebbe stata molto triste per lui. Lo sapeva. Si sforzò di allontanare il pensiero.

– Costa... costa molto, studiare? – chiese, continuando a camminare accanto al mercante.

– Non preoccuparti di questo – rispose Lugaresi. – Alle spese penserò io.

– Non voglio approfittare di te, signore. Potrei lavorare, per ripagarti almeno dell'ospitalità.

– E cosa vorresti fare?

– A casa aiuto sempre zia Ninkilisu. Potrei attingere l'acqua dal fiume, portare la legna per il fuoco, lavare e pulire la cucina. Potrei aiutare nell'orto. Non sono molto bravo, come contadino, ma ho imparato parecchie cose.

– Io ho un debito con te.

– Hai già dato molto alla mia famiglia. E poi, tu avevi promesso che mi avresti fatto studiare, non che sarei stato mantenuto gratuitamente nella tua casa.

Lugaresi fece un sorriso, accarezzandosi la barba nera.

– Sei un ragazzo onesto e leale, Kengi – osservò. – Ti ringrazio per l'offerta, ma non sarà necessario che tu ti occupi della cucina, o dell'orto. Ho già troppe persone che lavorano per me, qui e altrove. Inoltre, quando comincerai a studiare non avrai il tempo per fare altro.

– Zio Ebil dice che un uomo di buona volontà trova sempre un po' di tempo per tutto, se lo vuole davvero.

– Tuo zio è un uomo saggio, ma non ha mai frequentato la Casa delle Tavolette. Credimi, Kengi: diventare scriba è un impegno duro.

– Ma...

– Da oggi in poi, il tuo solo lavoro dovrà essere lo studio – concluse il mercante. – Mettici la massima buona volontà e io sarò ripagato di tutto.

Impegnato nel suo colloquio con il mercante, Kengi non aveva prestato molta attenzione al percorso. Gli sembrava vagamente di aver imboccato delle strade larghe e ordinate, incontrando pochi passanti frettolosi, alcune donne con un cesto pieno di biancheria sulla testa, e un paio di conducenti di asini. Improvvisamente si accorse delle grandi case che lo circondavano, delle palme frondose, dei giardini fioriti, e ricordò dov'era. Come il giorno prima, si sentì spaesato. Si trovava nella zona più ricca della città: il quartiere dove abitavano i mercanti di Ur, i sacerdoti del tempio e gli alti funzionari del palazzo. Per lui che, fino a qualche tempo prima, aveva conosciuto solo i quartieri più popolari, era ancora tutto nuovo e sorprendente. Se non ci fosse stata l'immensa ziqqurat che dominava il paesaggio, alta contro il cielo, ben visibile da ogni angolo della capitale, avrebbe potuto pensare che un demone dispettoso lo avesse trasportato magicamente in un'altra città.

L'idea lo colpì e lo fece sentire ancora più confuso.

«A quest'ora, zio Ebil e Jasma staranno lavorando con gli uomini del villaggio, per riparare gli argini e scavare il letto dei canali» si sorprese a riflettere. «Le mie cugine staranno dando da mangiare agli animali, mentre zia Ninkilisu sarà in cucina a preparare le focacce. Chissà se qualcuno di loro si sta chiedendo dove sono io?»

Il pensiero gli diede una stretta al cuore. Dovette fare uno sforzo per allontanarlo.

Quando finalmente arrivarono nelle vicinanze della scuola, si accorse d'essere nervosissimo. Le gambe gli tremavano. Per un momento fu certo che non avrebbe avuto il coraggio di entrare. Ma il nobile Lugaresi attraversò la porta senza esitazioni e a Kengi non rimase che seguirlo.

Percorsero rapidamente il cortile illuminato dal sole ed entrarono nell'edificio principale. La costruzione era un labirinto di lunghi corridoi spogli, stanze misteriose, ripide scalinate che sembravano terminare nella penombra, e spazi aperti, circondati da tettoie di legno e colonne di mattoni. Sulle pareti si vedevano grandi dipinti dai colori vivaci che raffiguravano alcune delle più importanti divinità sumere. Fra i dipinti, a Kengi sembrò di riconoscere Enki, il Dio della sapienza e delle arti, e Nisaba, la Dea protettrice della scrittura. Nei cortili, uomini dall'espressione severa discutevano tra loro, o meditavano in silenzio, lo sguardo fisso su una tavoletta d'argilla. Nei corridoi riecheggiavano le voci degli studenti che sillabavano in coro, e quelle più aspre dei maestri che li incitavano e li rimproveravano. Nonostante tutto, accanto alla paura Kengi cominciò ad avvertire una gioiosa eccitazione. Non era mai stato tanto vicino al suo grande sogno. Qualunque cosa fosse accaduta, il ricordo di quel luogo pieno di misteriose promesse non lo avrebbe abbandonato mai più.

Il nobile Lugaresi procedette con sicurezza lungo i corridoi che, evidentemente, conosceva bene, ed entrò in una stanzetta spoglia, illuminata dalla luce che penetrava attraverso una grande apertura nel soffitto.

Nella stanza c'era un uomo anziano, piuttosto magro e completamente calvo, vestito solo con un lungo gonnellino di lana. Quando entrarono, l'uomo si voltò dalla loro parte e fece un sorriso.

– Lugaresi, amico mio. Finalmente siete arrivati.

– Ti saluto, Duga – rispose il mercante. – Scusaci per il ritardo. Il ragazzo era molto stanco e ho preferito lasciarlo riposare il più possibile.

Maestro Duga fece un cenno con la testa, come a dire che le scuse, tra loro, non erano necessarie. Poi fissò Kengi.

– E così, tu saresti il giovane contadino che vuole diventare scriba – osservò, senza preamboli.

– Sì, maestro – balbettò lui, subito intimorito dal suo sguardo severo.

– Sai che una cosa del genere non è mai accaduta, nella storia di Sumer?

– Mi è stato detto, maestro.

– Sai che sei troppo vecchio per cominciare ad apprendere l'arte della scrittura?

– Sì, maestro.

– E nonostante questo, vuoi provare?

– Voglio provare.

– Perché? Cosa pensi che potrai ottenere, frequentando la Casa delle Tavolette anziché i campi d'orzo e di grano a cui gli Dei ti hanno destinato?

Kengi il Pensieroso esitò. Al villaggio nessuno aveva potuto capire il suo grande sogno. Ma a un vecchio maestro scriba poteva dire la verità.

– Voglio conoscere i segni che contengono il nome di tutte le cose – balbettò. – Voglio ascoltare con gli occhi il racconto delle tavolette. C'è una voce, nell'argilla, che mi sta chiamando. La sento, ma non riesco a capire le sue parole. Vorrei risponderle, ma non ne sono capace. Se frequenterò la scuola, saprò come fare. Questo è il mio desiderio.

Maestro Duga corrugò la fronte.

– È un desiderio nobile, ma difficile da realizzare – osservò. – Personalmente dubito che tu ci possa riuscire. Tuttavia, ho deciso di darti una possibilità. Lo hai già informato delle condizioni, Lugaresi?

Il mercante scosse la testa.

– Ho pensato che fosse meglio lasciarlo fare a te – rispose.

Maestro Duga fissò di nuovo Kengi. Indicò uno scaffale di legno, lungo la parete alle sue spalle.

– Su questo scaffale ci sono dieci tavolette d'esercitazione: i testi su cui i ragazzi studiano – riprese. – Queste dieci tavolette contengono il programma che gli alunni più giovani svolgono quando entrano nella scuola per la prima volta. Gli studenti hanno un anno di tempo, per impadronirsene. Tu avrai soltanto sei mesi. Dovrai imparare a trascrivere correttamente i segni dell'alfabeto, a riconoscerli, a leggerli con sicurezza e senza errori. Alla fine del sesto mese, io ti esaminerò personalmente e deciderò se potrai continuare a frequentare la Casa delle Tavolette, oppure se dovrai andartene. Il mio sarà un giudizio inappellabile. Hai capito bene?

– Ho capito, maestro – rispose Kengi che aveva seguito la spiegazione con il respiro trattenuto.

– Forse tu pensi che non sia giusto – riprese maestro Duga. – Forse pensi che darti solo sei mesi di tempo sia un modo per farti fallire. Non è così. Devi renderti conto che la tua posizione è del tutto particolare. Imparare a scrivere è un privilegio che gli Dei concedono a pochi. Tu sei nato contadino. Per dimostrare d'essere degno di diventare scriba, dovrai lavorare più degli altri. Se in questi mesi mostrerai impegno, volontà, desiderio di apprendere e buone capacità, vorrà dire che gli Dei hanno deciso di farti un dono speciale e ti verrà concesso qualcosa che nessun contadino ha mai ottenuto. In caso contrario, non avrai alcun motivo per rimanere tra noi. Hai capito?

– Ho capito benissimo.

– Naturalmente, da parte sua la scuola

farà tutto il possibile per aiutarti. Non posso farti entrare in un gruppo di alunni della tua età. Lugaresi mi ha detto che hai già tredici anni. I tuoi coetanei sono molto avanti, nello studio. Lavorare con loro non ti servirebbe a niente. Ma non posso nemmeno metterti con i bambini più piccoli. La presenza di un ragazzo così anziano, tra loro, li distrarrebbe e creerebbe confusione. Quindi ho deciso di assegnarti un maestro personale.

S'interruppe. Fece un cenno con la mano verso la porta, dov'era silenziosamente comparso un servo.

– Fai venire maestro Azi – gli ordinò.

Il servo s'inchinò e scomparve.

– Per i prossimi sei mesi, Azi sarà il tuo insegnante privato – proseguì maestro Duga, rivolgendosi di nuovo a Kengi. – Ogni giorno ti presenterai a lui, in questa stessa stanza, ascolterai le sue lezioni e svolgerai i compiti che ti assegnerà. Non credere che avere un maestro a tua disposizione ti faciliterà il lavoro. Il programma di studi che devi seguire è molto impegnativo. Avrai bisogno di tutta la tua volontà per portarlo a termine nel tempo stabilito. Ogni distrazione, ogni momento di pigrizia, sarà un ostacolo che tu stesso avrai posto sul tuo cammino.

Kengi aveva seguito le spiegazioni di maestro Duga con molta preoccupazione.

La prova che il vecchio scriba dalla testa calva aveva stabilito per lui sembrava del tutto superiore alle sue forze. L'idea di dover fare in sei mesi ciò che gli altri studenti facevano in un anno lo terrorizzava. A quel punto si sarebbe ritirato volentieri. Ma il suo orgoglio non glielo permetteva. Aveva desiderato quell'opportunità con tutto se stesso. Aveva perfino lasciato la sua casa e la sua famiglia, per inseguire quel sogno. Arrendersi senza nemmeno tentare, sarebbe stata un'umiliazione troppo grande.

– Farò del mio meglio – mormorò per l'ennesima volta, stringendo i denti e drizzando la schiena.

Maestro Duga lo fissò con aria poco convinta, ma non fece commenti. In quel momento, nella stanza entrò un uomo sui trent'anni, dalla corporatura asciutta e robusta, che indossava un gonnellino di lana e un sottile diadema intorno al collo.

– Questo è maestro Azi – lo presentò Duga.

Istintivamente Kengi gli gettò un'occhiata e, con suo grande stupore, ne ebbe subito un'impressione negativa. Maestro Azi aveva un volto dai lineamenti duri, aspri, come intagliati nel legno. Una lunga cicatrice a forma di serpente, sulla guancia sinistra, gli dava un aspetto poco rassicurante. Nei suoi occhi c'era qualcosa di sfuggente, di cattivo, che non avrebbe saputo spiegare a parole, ma che percepiva con chiarezza. Quell'uomo non gli piaceva: se ne rese conto immediatamente. Più che uno scriba, sembrava un bandito di strada. Per un attimo, ebbe davvero l'impressione che, da un momento all'altro, avrebbe estratto un coltello, puntandoglielo alla gola. E dovette affrettarsi a distogliere lo sguardo, prima che qualcuno potesse indovinare i suoi pensieri. Quelle erano idee assurde e pericolose. Avrebbe fatto bene a ricordarsi dov'era, anziché lasciarsi andare a fantasie così ridicole.

– Questo è Kengi – proseguì Duga, rivolto al maestro. – L'allievo che dovrai seguire nei prossimi mesi.

– Farò ciò che posso per condurlo al traguardo – rispose Azi, il tono neutro che non esprimeva alcun sentimento.

– Fra sei mesi esaminerò il frutto del suo lavoro e lo giudicherò con imparzialità – continuò Duga.

– Per quel tempo, se avrà avuto buona volontà, costanza e desiderio d'imparare, l'allievo sarà pronto per essere esaminato – ribatté maestro Azi.

Il Padre della Casa sembrò soddisfatto.

– Lugaresi, amico mio: pensi d'essere stato accontentato? – domandò, rivolto al mercante.

– Non potevamo chiedere di più – rispose lui. – Grazie.

– In tal caso, che il giovane Kengi inizi il suo lavoro – concluse maestro Duga.

Il nobile Lugaresi guardò Kengi.

– Ora devo lasciarti – gli disse. – Abbiamo tutti e due molte cose da fare. Riuscirai a trovare la strada di casa da solo?

– Sì, signore. Ho buona memoria.

Il mercante fece un saluto con la mano e se ne andò, insieme a maestro Duga.

Kengi rimase solo nella stanzetta della scuola. Solo, con maestro Azi e quelle dieci tavolette d'argilla, allineate lungo la parete, che rappresentavano la più grande sfida della sua vita. Ora avrebbe capito se gli Dei erano dalla sua parte. Se avevano deciso di fargli un regalo, o se stavano solo ridendo di lui e della sua ingenuità. Il futuro era tutto da scoprire. Eppure, il cuore gli diceva che sarebbe stato bellissimo.

Chiuse forte gli occhi, cercando di calmare il respiro e il cuore che aveva preso a battergli velocemente nel petto.

La frustata improvvisa lo colpì sulle braccia, strappandogli un grido.

8
Azi

LA FRUSTATA LO AVEVA preso alla sprovvista. Kengi aveva gridato più per la sorpresa che per il dolore. Spaventato, guardò maestro Azi che, in piedi davanti a lui, lo stava fissando duramente.

– Drizza la schiena, quando sei in mia presenza! – lo sentì gridare, la voce aspra.

– Ma io... – balbettò.

«Sciak!»

Questa volta la frustata lo colpì alle gambe.

– Silenzio! – urlò Azi. – Parla solo se sei interrogato.

«Sciak!»

Le tempie che gli pulsavano, il respiro affannoso, Kengi abbassò la testa, soffocando un lamento. La frusta di maestro Azi era un rametto di salice, sottile ed elastico. Le staffilate gli avevano graffiato la carne con delle ferite superficiali, ma dolorose. Istintivamente avrebbe voluto gridare e massaggiarsi. Ma qualcosa gli diceva che, se avesse provato, sarebbe stato colpito di nuovo.

– Credi non sappia che tu sei la mia punizione? – continuò Azi, irritato. – In questa scuola sono circondato da nemici. Tutti mi odiano. Mi chiamano "maestro incapace". La verità è che sono invidiosi e che hanno deciso di mettermi in cattiva luce con il Padre della Casa. Speravo che maestro Duga non avrebbe dato ascolto alle loro bugie. Ma non è stato così. Essere messo a disposizione di uno stupido contadino che non imparerà nemmeno a impugnare lo stilo! È come se maestro Duga mi avesse mandato in esilio per sei mesi. Ma io non permetterò che accada.

S'interruppe. Lo fissò di nuovo, lo sguardo fiammeggiante, quasi volesse frustarlo con gli occhi.

– Ricorda le mie parole, Kengi – riprese. – Io non aspetterò sei mesi. Questa punizione finirà molto prima. E sarai proprio tu a farla terminare.

Kengi lo ascoltava con il cuore in gola e il respiro trattenuto.

– Sì, sarai tu a far terminare il mio esilio – ripeté Azi. – Io farò quello che maestro Duga mi ha ordinato. T'insegnerò a scrivere e a leggere. Ti assegnerò i compiti e correggerò le tue esercitazioni. Nessuno potrà dire che io non abbia fatto il mio dovere. Ma sarò così duro, con te, così esigente e inflessibile, che presto non vedrai l'ora di abbandonare la scuola e tornare al tuo villaggio. Non sarò io a chiederlo, sarai tu a volerlo.

– Maestro... – cercò di balbettare.

– Prendi una tavoletta, impugna lo stilo e siediti! – gridò Azi, senza lasciarlo continuare.

In un angolo della stanza c'era un cesto di vimini pieno di tavolette fresche, con la superficie d'argilla ancora morbida e liscia. Kengi si affrettò a prendere una delle tavolette, impugnò la cannuccia e si accovacciò sul pavimento, a gambe incrociate, come aveva visto fare agli scribi che raggiungevano il villaggio ogni tanto.

«Sciak!»

Questa volta la staffilata gli arrivò sulla schiena.

– Ti sembra il modo di sederti? – urlò Azi. – Solleva le spalle. Drizza la schiena. Appoggia i gomiti alle gambe. Non tenere lo stilo come se fosse una zappa. Qui non siamo in mezzo ai campi.

Stringendo i denti per non gridare, Kengi cercò di eseguire gli ordini meglio che poteva, un velo di lacrime sugli occhi.

Azi prese la prima delle tavolette d'esercitazione allineate sullo scaffale. La sollevò, perché lui potesse vederla.

– Guarda la prima riga – riprese. – Ci sono dieci caratteri che tu dovrai imparare a memoria. Questi segni si pronunciano così.

Lentamente emise dieci suoni diversi.

– Hai capito bene? – chiese, lo sguardo duro.

– Sì, signore – mormorò Kengi.

– Hai bisogno che ripeta qualcosa?

– No... no, signore.

– Quindi io ho fatto il mio dovere. Sei d'accordo?

– Sì, signore.

– Ed è quello che diremo a maestro Duga, non è vero?

– Sì, signore.

– Allora puoi cominciare a lavorare – concluse Azi. – Copia dieci volte la prima riga della tavoletta, senza sbagliare. Per ogni errore, per ogni carattere non chiaro, riceverai due frustate. Tornerò quando avrai finito.

Lasciò la tavoletta sul pavimento e uscì dalla stanza.

Immobile sulla stuoia, Kengi aspettò finché fu certo che maestro Azi si fosse allontanato. Allora il dolore, la sorpresa, l'umiliazione, la confusione gli scoppiarono dentro tutti insieme. Erano questi i maestri della scuola? Erano questi i giganti di sapienza che lui aveva sognato tante volte d'incontrare? Lasciò che gli occhi gli si riempissero di lacrime. Pianse in silenzio, di dolore e di rabbia, la testa sul petto. In quegli attimi sentì tutta la fragilità dei suoi tredici anni.

Sentì l'ingiustizia d'essere un ragazzo in un mondo di adulti che potevano maltrattarlo anche senza motivo. Sentì la mancanza della sua famiglia. Se zio Ebil e zia Ninkilisu fossero stati con lui, sarebbe corso a rifugiarsi tra le loro braccia. Ma era solo. E aveva paura.

Per qualche minuto continuò a piangere in silenzio. Poi le lacrime terminarono e lui riuscì a calmarsi. Finalmente raccolse la tavoletta d'esercitazione e la fissò. Era un mattoncino d'argilla cotta, rotondeggiante, coperto di piccoli segni a forma di cuneo, disposti ordinatamente per file parallele. Alcuni dei segni erano molto simili tra loro. Altri erano diversi. Naturalmente non potevano rappresentare l'intero alfabeto («I caratteri sono più di cinquecento» gli aveva detto il giovane scriba incontrato tre anni prima al villaggio). Ma erano comunque il primo passo verso la scrittura. Ed erano anche uno scherzo crudele.

Si sforzò di allontanare il pensiero e osservò con attenzione i dieci caratteri che formavano la prima riga. Azi li aveva letti una sola volta, lentamente ma senza pause. Probabilmente lo aveva fatto apposta. Probabilmente pensava che nessuno sarebbe riuscito a ricordarne la pronuncia, dopo quell'unico ascolto. Ma lui aveva una buonissima memoria.

Lentamente, ripeté sottovoce i dieci suoni

che aveva sentito pronunciare da Azi e si rese conto di ricordarli senza difficoltà. D'improvviso si sentì eccitato. La sua naturale curiosità, il suo grande desiderio d'imparare, presero il sopravvento. Nonostante tutto, il dolore, la rabbia, la paura scomparvero di colpo davanti a quella piccola conquista. Ripeté i suoni mentalmente, più volte, per essere certo di non dimenticarli. Poi li ripeté ancora, a voce alta, cercando di imitare il più possibile la pronuncia del maestro. A ogni suono che usciva dalle sue labbra, il cuore gli batteva un po' più forte. Stava leggendo! Stava ascoltando la voce delle tavolette d'argilla!

Quando fu sicuro d'essersi impresso nella mente la pronuncia di quei primi dieci caratteri, impugnò lo stilo e cominciò a copiarli, incidendoli sulla tavoletta nuova. Subito si rese conto che non era facile. L'argilla era meno docile di quanto lui si fosse aspettato. La cannuccia gli scivolava tra le dita. I solchi che tracciava sulla superficie apparivano confusi e tremolanti.

Cambiò l'impugnatura della cannuccia e tornò a provare. Andò un po' meglio, ma non abbastanza. I caratteri incisi sulla tavoletta d'esercitazione erano netti e precisi, mentre i suoi apparivano ancora confusi.

– Perché pensavi che sarebbe stato facile? – si chiese sottovoce, provando rabbia per quella sua delusione un po' infantile. – Te l'avevano detto tutti che la scrittura è una magia difficile da imparare. Cosa avresti intenzione di fare, adesso? Rinunciare subito alle prime difficoltà? Se lo farai, darai ragione a chi diceva che sei solo un ragazzino con la testa fra le nuvole.

A denti stretti, cancellò tutti i segni che aveva tracciato fino a quel momento, strofinando i pollici sulla superficie d'argilla. Poi ricominciò, testardamente.

Scrivere era difficile. Non sapeva come muovere la mano. Non sapeva come piegare il polso. Non sapeva con quanta forza bisognasse affondare lo stilo. Il carattere da copiare era là, davanti ai suoi occhi. Lui lo vedeva bene. Ma quando cercava di riprodurlo, la piccola canna che stringeva tra le dita sembrava ribellarsi alla sua volontà e correva via per conto proprio.

– Con calma – mormorò a se stesso. – Fai con calma.

Finalmente, dopo numerosi tentativi e parecchie delusioni, gli sembrò che la mano avesse trovato la posizione giusta. Adesso le sue dita guidavano lo stilo con maggior sicurezza. I segni che lasciava sull'argilla erano un po' più chiari. Non andava ancora bene, ma era molto meglio di prima.

Di nuovo si sentì eccitato e dovette fare uno sforzo per allontanare un pericoloso senso di soddisfazione. Stava solo muovendo i primi passi. La strada che portava alla magia della scrittura era ancora lunghissima. Non doveva dimenticarlo. Lentamente, con la massima cura, copiò i dieci caratteri che maestro Azi gli aveva indicato. Poi li copiò una seconda volta. Poi una terza.

La voce improvvisa, dietro di lui, lo fece sobbalzare mentre stava per cominciare la quarta copiatura.

– Hai finito?

Kengi si voltò di scatto, il cuore in gola. In piedi alle sue spalle, maestro Azi lo stava fissando con aria beffarda. Si sentì morire. Il tempo era passato senza che se ne accorgesse. Gli era stato ordinato di copiare dieci volte e lui era arrivato solo alla terza.

Si raggomitolò sulla stuoia, per proteggersi dall'inevitabile punizione. Azi gli strappò la tavoletta dalle mani.

– È così che esegui i miei ordini? – chiese, irritato.

Poi alzò il rametto di salice e cominciò a colpirlo, con forza, due, tre, quattro volte. Terrorizzato, Kengi non cercò nemmeno di opporre resistenza. Sentì il dolore e strinse i denti per non gridare. A ogni colpo ebbe l'impressione di dover svenire. Ma non svenne. E finalmente maestro Azi smise di colpirlo.

– Sei uno studente pigro e indisciplinato! – gridò. – Credi di poter fare quello che vuoi? Rispondi!

– No... – balbettò Kengi.

– Non ho sentito!

– No, signore.

– Io sono il maestro, tu sei l'allievo. Non è così?

– Sì, signore.

– Quando il maestro ordina, l'allievo deve eseguire.

– Sì, signore.

– Ne ho incontrati altri, di studenti pigri come te. Voi non conoscete il valore della fatica. Non avete il minimo senso del dovere. Per diventare scriba bisogna lavorare duramente. Hai capito?

– Ho... ho capito.

– La pigrizia è una colpa grave.

– Sì, signore.

– Se lo studente non esegue un esercizio, o lo esegue male, bisogna punirlo per il suo stesso bene.

– Ma io ho fatto... – si lasciò sfuggire Kengi.

– Avresti il coraggio di dire che hai fatto quello che ti avevo ordinato? – lo interruppe Azi. – Questa è insolenza!

«Sciak!» La frusta sibilò per l'ennesima volta.

– L'insolenza si punisce!

«Sciak!»

– So io come trattare i bugiardi.

«Sciak!»

Kengi era ormai al limite della sopportazione. Mai, in tutta la sua vita, aveva provato una sofferenza fisica così acuta, intensa e continua. Le sue braccia, le gambe e la schiena erano coperte di piaghe sottili, superficiali ma molto dolorose. Il cuore gli batteva forte. Quasi non riusciva a respirare.

– Basta... – balbettò. – Per favore, basta.

Finalmente Azi si rese conto che il ragazzo era sfinito.

– Hai imparato la lezione? – chiese, la voce dura.

– Sì, signore – balbettò Kengi.

– Allora, per oggi può bastare. Vattene. Torna a casa. Ti presenterai da me domani mattina, all'apertura della scuola. Bada d'essere puntuale. Per ogni minuto di ritardo riceverai due frustate. E questa volta avrò la mano pesante.

Kengi si alzò lentamente, posò lo stilo e si avviò. Gli girava la testa. Gli tremavano le gambe.

Era così stordito e confuso che quasi non sentiva più il dolore. Sapeva solo di doversene andare. Sapeva solo che voleva tornare a casa. Mentre usciva dalla stanza, sentì alle sue spalle la voce ironica di Azi.

– Credo che mi libererò di te prima di quanto avessi sperato.

9
La decisione

PERCHÉ, IN CERTI momenti, il cuore fa più male della carne? Uscendo dalla scuola, ancora stordito, Kengi se lo chiese più volte. Le braccia, le gambe e la schiena gli bruciavano, là dove il frustino di maestro Azi lo aveva colpito ripetutamente. Ma dentro, nell'anima, le ferite erano ancora più dolorose.

Che prezzo era disposto a pagare per realizzare i suoi sogni? Quante umiliazioni, quanti sacrifici, quante punizioni si sentiva di sopportare? Non si era mai illuso che imparare a scrivere fosse facile, ma la realtà era peggiore di quanto avesse immaginato.

Una voce profonda, dall'accento straniero, si fece largo nella confusione, strappandolo alle sue riflessioni.

– Tira su! Tira!

Improvvisamente Kengi si accorse d'essere arrivato al Porto Settentrionale: il più grande dei due porti fluviali di Ur. Ora davanti a lui non c'erano più le case di mattoni crudi e le strade affollate. C'era un bacino d'acqua quasi immobile, su cui galleggiava una piccola flotta di navi e di barche. C'erano i moli brulicanti di marinai e di schiavi. C'erano le merci accatastate nei punti d'imbarco o davanti ai magazzini, le vele colorate e il cordame che vibrava al vento. Nell'aria si sentiva un odore denso, misto di bitume, di legno e di spezie. Una nave stava entrando nel porto, superando di slancio le torrette di guardia all'imboccatura delle dighe. Un'altra, più piccola, ne usciva a forza di remi, con il timoniere, a poppa, che gridava e si sbracciava per scandire il tempo. Dovunque, c'erano uomini che tiravano funi, spingevano ceste, accatastavano vasi, sistemavano casse, arrotolavano corde, si chiamavano a vicenda, sudando e brontolando.

Era un mondo del tutto nuovo, strano, per molti versi quasi incomprensibile, quello del Porto Settentrionale.

Nonostante le sue preoccupazioni, per qualche momento Kengi ne rimase incantato.

Poi, di colpo, la sua mente tornò alla scuola. E con essa, a maestro Azi, alla frusta, al dolore e alle umiliazioni che aveva dovuto subire quella mattina. Si sentì stringere il cuore. Avvertì un senso di paura, d'oppressione e d'impotenza. Capì che non sarebbe stato capace di sopportare un altro giorno come quello appena trascorso. Non aveva abbastanza coraggio, non era abbastanza forte per affrontare lo studio. E non gl'importava più. Basta con la scuola! Basta con lo stilo e con le tavolette d'argilla! Era stata solo un'illusione. Adesso voleva tornare a casa. Voleva tornare a essere ciò che era. Zio Ebil aveva sempre avuto ragione: sono gli Dei che decidono il destino degli uomini. Lui era nato contadino. Era stato uno sciocco a voler cambiare la propria condizione.

Si arrendeva. Lasciava la scuola e tornava al villaggio. La decisione era presa. L'unica decisione possibile. Quando se ne rese conto, Kengi si sentì meglio. Non era per niente orgoglioso di se stesso e della propria debolezza. Ma non c'era altro da fare.

Quasi che quel pensiero lo avesse liberato da un peso, di colpo si accorse di avere fame. Stordito per le troppe esperienze nuove, non si era reso conto del tempo che passava. La giornata era quasi al termine, il sole si avviava al tramonto e lui non mangiava da ore. Improvvisamente, con stupore, avvertì nello stomaco un vuoto quasi doloroso. Lasciò il Porto Settentrionale e si diresse, di corsa, verso il quartiere dei mercanti.

A GIUDICARE dalle voci e dai rumori, la casa di Lugaresi doveva essere ancora in piena attività. Quando se ne rese conto, Kengi si sentì preoccupato. Nella sua famiglia, il lavoro si divideva fra tutti e lui non aveva motivi per credere che a Ur le cose andassero diversamente. Pensò di aver fatto male a non tornare subito dopo la scuola. Il minimo che poteva aspettarsi era un rimprovero. Percorse il corridoio d'ingresso in punta di piedi, sperando di raggiungere la cucina senza che qualcuno si accorgesse di lui.

Non ebbe fortuna. La prima persona che incontrò fu uno degli scribi (Alalgar, si chiamava) che aveva visto insieme a Lugaresi, quella mattina. L'uomo gli lanciò un'occhiata di traverso.

– Hai avuto una giornata faticosa? – chiese, con ironia. – Stai tranquillo: domani sarà peggio.

Lui non seppe cosa rispondere e rimase là, confuso, a guardare lo scriba che si allontanava, finché una voce irritata, alle sue spalle, lo fece sobbalzare.

– Ehi, tu!

Si voltò di scatto. Era Hekun che lo fissava spazientita, le mani sui fianchi.

– Sì, signora – balbettò.

– Ti sei deciso a tornare, finalmente! Vai in cucina e pulisci tutto. In questa casa, chi non lavora non mangia.

– Sì, signora – ripeté Kengi.

Poi si affrettò a raggiungere la cucina, attraversando il cortile interno. Era abituato a dare una mano a zia Ninkilisu e l'ordine di

Hekun non lo aveva sorpreso. Nonostante la fame si mise a pulire i ripiani, a vuotare i forni, a riordinare il vasellame, finché una seconda voce lo fece sobbalzare di nuovo.

– Kengi, cosa stai facendo?

Questa volta era la vecchia Puabbi che l'osservava dalla porta, con curiosità.

– Sto... sto pulendo – rispose lui, a disagio.

– Pulendo? E perché?

– Mi è stato ordinato.

– E chi te l'ha ordinato?

– Hekun.

La nutrice corrugò la fronte. Per un momento sembrò arrabbiata. Gli appoggiò le mani sulle spalle e lo fissò.

– Kengi, in questa casa tu sei un ospite. Il padrone è stato molto chiaro. Nessuno può darti degli ordini. Hai capito?

– Ma Hekun...

– A lei parlerò io. Stai tranquillo.

– Sì, signora – concluse Kengi, un po' confuso.

Puabbi gli lanciò un'altra occhiata, osservando i graffi che portava sulle braccia e sulla schiena.

– Povero bambino, – riprese, raddolcita – vedo che il maestro ti ha punito. È stato duro, il primo giorno di scuola?

Cosa avrebbe dovuto rispondere? Che era stato un inferno e che lui aveva già deciso di arrendersi? Orgoglio a parte, ci sono cose che è meglio tenere per sé.

– È andata abbastanza bene – mentì.

– Anche Lugaresi tornava sempre a casa pieno di frustate, sai? – proseguì la nutrice. – Era un bambino testardo e ribelle. I suoi maestri dicevano che non sarebbe mai riuscito a imparare la scrittura, perché mancava completamente di metodo e disciplina. Ma avevano torto.

– Lo punivano spesso? – chiese Kengi, interessato suo malgrado.

– Quasi ogni giorno – rispose Puabbi. – Ma era un ragazzo molto intelligente. Nonostante il suo spirito ribelle, imparava prima degli altri.

– E i suoi genitori... erano contenti di lui?

– I suoi genitori ne erano orgogliosi. Dicevano sempre che quel figlio era stato un dono del cielo.

Kengi abbassò gli occhi.

– Sì – mormorò tristemente. – Avere un figlio capace d'imparare la scrittura dev'essere bello.

La vecchia Puabbi lo fissò più intensamente. Sembrò capire che la sua espressione abbattuta non era un semplice segno di stanchezza, ma non disse nulla. Gli fece una carezza.

– Il nobile Lugaresi vuole vederti – concluse.

Kengi drizzò la schiena e strinse i denti. Meglio così. Avrebbe parlato subito con il mercante e gli avrebbe detto che rinunciava allo studio. Dopo avrebbe provato una grande vergogna, ma si sarebbe anche sentito meglio.

– Vado – rispose.

– Si è fatto portare la cena nell'archivio – concluse Puabbi. – È la prima stanza al secondo piano.

Kengi lasciò la cucina, salì le scale e si affacciò alla porta che gli era stata indicata, un po' timoroso. L'archivio era una grande sala illuminata da alcune lampade a olio, con lunghe travi di legno sul soffitto e scaffali pieni di tavolette alle pareti.

Il nobile Lugaresi sedeva a un tavolo basso, su cui erano disposti tre piatti, un recipiente con della carne cotta, un cesto di pane al formaggio e ai ceci, una seconda cesta piena di frutta e una caraffa d'acqua. Era come se il mercante stesse aspettando degli ospiti per cena. Ma i posti alla sua destra e alla sua sinistra erano vuoti e lui aveva già cominciato a mangiare.

Dopo un attimo di perplessità Kengi capì: Lugaresi stava facendo il kispu, la Cena con i Morti. In realtà i suoi ospiti erano già arrivati. Alla tavola del mercante sedevano due invisibili fantasmi: sua moglie e suo figlio.

Istintivamente si ritirò, imbarazzato. In quel momento Lugaresi si voltò e lo vide.

– Entra, Kengi. Ti aspettavo.

– Non volevo disturbarti – mormorò lui, facendosi di nuovo avanti.

– Non mi disturbi – rispose Lugaresi. – Tu sei un ospite gradito, in questa casa. Mia moglie e mio figlio saranno contenti di conoscerti, anche se, ormai, sono solo delle ombre nella terra dell'aldilà. Hai mangiato?

La domanda gli strinse lo stomaco. Aveva una fame da lupi e non sapeva quanto avrebbe potuto resistere ancora.

– No – rispose.

– Allora siediti con noi e serviti – lo invitò il mercante. – È parecchio tempo che non abbiamo più un ospite alla nostra tavola.

Kengi sedette davanti a lui.

– Ti aspettavo qualche ora fa – proseguì Lugaresi. – Stavo per mandarti a cercare. Hai avuto difficoltà a trovare la strada?

– No – spiegò lui, a bocca piena. – Sono stato al porto.

– Al porto?

– Avevo... avevo bisogno di riflettere.

– Ho capito. Devi sentirti molto solo e confuso. Ti trovi in una casa estranea, tra persone che non conosci. Hai cominciato un'attività impegnativa. E dai segni che vedo sulle tue braccia, mi accorgo che maestro Azi non ha fatto complimenti nemmeno il primo giorno. Non preoccuparti. Col tempo ti abituerai. Ci si abitua a tutto. Anche a quello che vorremmo non fosse mai accaduto.

Qualcosa nella voce del mercante, nella luce triste che gli era comparsa improvvisamente negli occhi, fece capire a Kengi che Lugaresi si stava riferendo alla morte dei suoi cari.

– È molto tempo che tua moglie e tuo figlio non ci sono più? – chiese.

– Qualche anno – rispose il mercante, sottovoce.

– E tu ci pensi ancora?

– Erano tutta la mia vita. Gli Dei sono stati buoni con me, concedendomi ricchezza e potere. Ma mi hanno anche fatto pagare un prezzo altissimo, per i loro favori.

Nella voce dell'uomo dalla barba nera era risuonata una tristezza così profonda, così agghiacciante, che Kengi non seppe cosa rispondere. Faceva fatica a capire il dolore di Lugaresi. I suoi tredici anni non erano abbastanza perché potesse comprendere la morte. Si sforzò. Provò a immaginare che zio Ebil, zia Ninkilisu, Jasma e le cugine fossero scomparsi improvvisamente, tutti assieme. Sentì un tuffo al cuore. Una specie di vertigine. Provò una sensazione terribile di paura, di freddo e di solitudine, mentre un'angoscia spaventosa gli entrava nell'anima come un coltello.

– Dev'essere brutto, quando si perde qualcuno – balbettò.

– La morte è un fatto naturale – rispose Lugaresi. – Eppure, non ci si abitua mai.

Avrei voluto che li conoscessi. Tu assomigli a mio figlio, sai? Hai il suo stesso sguardo. Lui era un ragazzo molto orgoglioso. Quando aveva paura, o era triste, non voleva che qualcuno se ne accorgesse. Allora stringeva i denti, socchiudeva gli occhi e drizzava la schiena, proprio come fai tu. In quei momenti, io gli dicevo che un uomo deve andare per la sua strada a testa alta, sempre. Che un uomo non deve vergognarsi delle proprie debolezze, né temere d'essere preso in giro.

– Allora è per questo che mi ospiti nella tua casa. Perché io ti ricordo tuo figlio.

– No, non è per questo. Però, quando ti vedo, non posso fare a meno di pensare a lui. Anche mio figlio aveva dei grandi sogni, come te. La sua morte mi sembrerebbe meno dolorosa, se almeno tu riuscissi a realizzarli.

Kengi abbassò gli occhi e non rispose. Nella stanza cadde un lungo silenzio. Per qualche minuto lui continuò a mangiare distrattamente. Lugaresi due o tre volte fissò lo sguardo nel vuoto e fece un lieve sorriso, come se stesse parlando alle ombre invisibili che gli tenevano compagnia nel kispu. In quei momenti, Kengi fu più volte sul punto di dirgli che aveva cambiato idea. Che non aveva il coraggio di affrontare la scuola. Che il sogno di diventare scriba era stato troppo grande e che non se la sentiva più di lottare per realizzarlo. Che voleva tornare a casa.

Non lo fece. Continuò a mangiare, quasi senza sentire il sapore del cibo. La penombra, appena rischiarata dalle lampade a olio, lo aiutò a nascondere la sua espressione nervosa e indecisa.

Quando ebbe finito, disse di sentirsi stanco e chiese il permesso di andare a dormire.

Lugaresi lo accompagnò nella sua stanza e gli augurò la buona notte.

Kengi si sdraiò sulla stuoia, la mente piena di domande confuse. Perché non gli aveva detto della sua decisione di lasciare la scuola? Cosa lo aveva trattenuto? La risposta gli sembrò evidente. Ascoltando le parole di Lugaresi, guardando gli occhi malinconici del mercante, aveva capito che, nonostante la ricchezza e il potere, la sua vita doveva essere tristissima. Non aveva avuto il coraggio di addolorarlo ancora di più. Non aveva avuto il coraggio di deluderlo, proprio davanti alle ombre dei suoi cari. E adesso era tardi. Il giorno dopo avrebbe dovuto tornare di nuovo nella stanzetta silenziosa della scuola, dove lo aspettava maestro Azi. Avrebbe dovuto sopportare, ancora una volta, le sue grida e i suoi rimproveri. Avrebbe dovuto affrontare la frusta.

Addormentarsi fu faticoso.

10
Ananna

EPPURE, IL MATTINO dopo, il suo orgoglio aveva già ripreso il sopravvento.

Quando Kengi si svegliò, il chiarore dell'alba filtrava appena dall'apertura sul soffitto e la casa era ancora silenziosa. Lui si rese subito conto di aver dormito profondamente e di aver fatto dei sogni che non riusciva a ricordare. Invece, ricordava benissimo altre cose. Il giorno precedente, la frusta di maestro Azi lo aveva umiliato al punto da fargli dimenticare il richiamo delle tavolette d'argilla. Ma, contrariamente a quanto si sarebbe aspettato, il ricordo più vivo che gli rimaneva della sua prima esperienza scolastica non era il dolore delle frustate, la paura, o la rabbia per i rimproveri ingiusti. Il ricordo più vivo era la gioia che aveva provato mentre eseguiva l'esercizio di copiatura, con lo stilo nella mano e la tavoletta sulle ginocchia. L'emozione che aveva sentito quando l'argilla gli aveva parlato, per la prima volta, mormorandogli negli occhi e nella testa. L'orgoglio aveva ripreso il sopravvento. Gli era stata offerta un'occasione unica e irripetibile. Avrebbe fatto del suo meglio per esserne degno.

Il pensiero lo scosse. Poiché non aveva più sonno, uscì nel cortile e si lavò. L'acqua fredda lo svegliò del tutto. Allora, sempre nel massimo silenzio, andò in cucina, dove sperava di trovare qualcosa da mangiare. Qui ebbe la sorpresa di scoprire che Puabbi si era svegliata prima di lui e che lo stava aspettando.

La vecchia nutrice lo accolse con un sorriso, gli chiese se avesse dormito bene e gli mise davanti un piatto di focacce calde, coperte di succo di datteri e fettine di cetriolo.

Si mise a mangiare in fretta, mentre lei gli faceva alcune raccomandazioni, con aria materna. Quel giorno sarebbe andato a scuola da solo per la prima volta, la sentì dire. In città c'erano molti bravi ragazzi. Ma c'erano anche degli attaccabrighe da cui avrebbe fatto bene a tenersi lontano. Doveva prometterle che sarebbe stato attento. Che non si sarebbe messo nei guai.

Kengi le promise che si sarebbe comportato bene. Poi prese il cestino con il pranzo che lei gli aveva preparato, la salutò e uscì. Anche se era ancora presto, preferiva lasciare la casa di Lugaresi prima che si svegliassero gli altri.

Lungo le strade, ancora semi deserte, camminò lentamente. L'aria fresca, il cielo limpido, il chiarore dell'alba, gli ricordarono certe mattine passate sulla riva del fiume, al villaggio e, più volte, dovette sforzarsi di allontanare la malinconia.

Quando finalmente raggiunse la Casa delle Tavolette, vide che il cortile era ancora vuoto. Sedette in un angolo e aspettò.

Gli studenti arrivarono un po' alla volta. Erano ragazzi di varie età, corporatura, aspetto e abbigliamento. Eppure, in un certo senso, sembravano tutti uguali. Avevano la stessa aria assonnata. Lo stesso sguardo rassegnato di chi sa già cosa lo aspetta. La stessa tranquillità di chi si trova in un luogo ben conosciuto. Entrando nel cortile della scuola si riunivano subito in gruppi e cominciavano a chiacchierare fittamente, quasi che non si vedessero da mesi. Come tutti i ragazzi del mondo, avrebbero preferito passare il loro tempo giocando e divertendosi. In attesa di entrare, si sfogavano almeno a parole, approfittando di quei pochi minuti prima dell'inizio delle lezioni.

Kengi rimase in disparte, cercando di passare inosservato. Ben presto si rese conto che non era possibile. Alcuni dei ragazzi rimanevano indifferenti alla sua presenza, o non lo vedevano neppure. Ma altri lo notavano subito, appena entrati nel cortile. Si voltavano a guardarlo, incuriositi. Lo indicavano con la mano e qualche volta ridevano. Gli sguardi insistenti di quei ragazzi non gli piacquero. Gli sembrò d'essere diventato una specie di animale da circo, un oggetto da esibizione. Ricordando le raccomandazioni di Puabbi, strinse i denti e voltò le spalle, fingendo di non essersi accorto delle loro risatine. Ma quando alcuni dei ragazzi più grandi alzarono la voce (e forse lo avevano fatto apposta), non poté fare a meno di sentirli.

– Chi è quello?

– Il contadino.

– Che cosa?

– Ma come, non lo sai? Maestro Duga ha ammesso nella scuola un ragazzino che viene da uno dei villaggi nei dintorni.

– Non è possibile!

– Invece è così. Pare che abbia un protettore molto potente.

– Incredibile!

– Incredibile davvero. Se va avanti in questo modo, presto avremo le aule piene di capre, asini e maiali.

La battuta provocò una risata generale. Seduto sotto la tettoia, Kengi arrossì, ma senza provare sorpresa. I ragazzi che frequentavano la scuola erano tutti figli di funzionari, sacerdoti e ricchi mercanti. Nessuno di loro si sarebbe mai sognato di trattare con gentilezza un umile contadino. Prendersela sarebbe stato inutile.

In quel momento si accorse che qualcun altro sembrava avere i suoi stessi problemi.

Sul lato opposto del cortile, verso il vialetto di mattoni che portava al tempio del Dio Nannar, c'era un ragazzino piccolo e magro, con i capelli neri raccolti sulla nuca e un abito lungo, tenuto fermo da una fibbia metallica. Il ragazzo sedeva da solo, su un gradino del porticato di fronte, gli occhi bassi e l'espressione imbronciata. Intorno, i compagni chiacchieravano e schiamazzavano. Ma lui continuava a fissare il cestino con il pranzo che stringeva tra le mani, ignorandoli. Dal modo in cui se ne stava per conto proprio, cupo e silenzioso, da come tutti gli giravano intorno senza neppure guardarlo, Kengi capì che non doveva avere molti amici nella scuola. Incuriosito suo malgrado, l'osservò meglio. Ebbe l'impressione che il ragazzo avesse qualcosa di strano, ma, sul momento, non riuscì a capire cosa fosse. Mentre continuava a fissarlo, l'altro s'accorse d'essere osservato, alzò lo sguardo e, per un attimo, i loro occhi s'incontrarono. Tutti e due tornarono ad abbassare la testa, di scatto. Ma adesso Kengi aveva capito cosa ci fosse d'insolito, in quello studente triste e solitario. Il ragazzo era una ragazza.

Arrossì per la seconda volta in pochi minuti. Una ragazza a scuola? Una ragazza che studiava per diventare scriba? Questa sì che era una sorpresa! E, superata la sorpresa dei primi momenti, a lui sarebbe piaciuto molto sapere chi era e come mai si trovava lì. Ci pensò. Ma in quel momento risuonò il richiamo del rientro e lui dovette mettere da parte il pensiero. Mentre gli studenti raggiungevano le aule Kengi si diresse verso la stanza dove lo aveva portato Lugaresi il giorno prima. Quando ci arrivò, di corsa, la trovò vuota. Maestro Azi non era ancora arrivato. Non sapendo cosa fare, lui sedette in un angolo e prese ad aspettare nervosamente.

L'attesa durò pochi minuti. Azi comparve sulla porta all'improvviso. Lo fissò, accigliato.

– E così, sei tornato – commentò. – Pensavo che fossi più furbo. A quanto pare sei troppo stupido per capire cosa ti conviene fare. Non importa. Siamo solo all'inizio. Abbiamo tempo.

Poi prese dallo scaffale lungo la parete una delle tavolette d'esercitazione e la posò a terra, davanti a lui.

– Copia dieci volte la prima riga, con sicurezza e senza errori – ordinò. – Io tornerò quando avrai finito.

Come il giorno precedente, Kengi prese una tavoletta fresca dal cesto di vimini, impugnò lo stilo e sedette a gambe incrociate nel punto più luminoso della stanza, la fronte già bagnata di sudore. Era sicuro che Azi lo avrebbe frustato subito. Appena fu seduto s'irrigidì, socchiudendo gli occhi e stringendo i denti per non gridare. Ma questa volta lo scriba si limitò a uscire dalla stanza, senza una parola.

Con un sospiro di sollievo, Kengi si chinò a raccogliere la tavoletta d'esercitazione e la guardò. Era la stessa che il maestro gli aveva indicato il giorno precedente. E la prima riga era quella che lui aveva già copiato molte volte. Non se ne stupì. Studiare significava ripetere, ripetere e poi ripetere ancora. Sapeva che gli sarebbe toccato rifare lo stesso esercizio fino alla noia, prima di poter passare al successivo. Cercò di leggere ad alta voce i caratteri che aveva sentito pronunciare dal maestro il giorno precedente e, con gioia, si rese conto di ricordarli ancora. Allora impugnò meglio lo stilo, sistemò la tavoletta sulle ginocchia e cominciò l'esercizio.

Come sempre, i primi momenti furono difficili. All'inizio gli sembrò che tutto quello che aveva fatto durante la prima lezione non fosse servito a nulla. Che avrebbe dovuto ricominciare da capo. Ma poi, poco a poco, i suoi gesti diventarono più sicuri. I suoi occhi non ebbero più bisogno di fissare a lungo i caratteri che doveva copiare. La sua mano cominciò a muoversi sull'argilla quasi da sola. Il risultato era tutt'altro che perfetto, ma per lui rappresentava già una conquista. Continuò l'esercizio finché lo ebbe terminato. Poi prese una seconda tavoletta e ricominciò.

Continuò a copiare un carattere dopo l'altro, senza sosta, finché Azi fece ritorno, un'ora più tardi.

Il maestro gettò alle sue tavolette una rapida occhiata, trovò che l'esercizio era stato fatto male e lo frustò più volte, sulle braccia e sulla schiena. Kengi strinse i denti e sopportò, senza un lamento. Sapeva che sarebbe accaduto. Ma se, il giorno prima, la cattiveria di Azi lo aveva preso alla sprovvista, spaventandolo, ora quelle frustate gli davano solo una grande rabbia. Aveva fatto il proprio dovere. Quella punizione era ingiusta. E più il maestro si accaniva a frustarlo, più lui si sentiva deciso a non dargli soddisfazione. Sopportò con orgoglio, ricacciando indietro il dolore. Finalmente Azi si stancò.

– Copia altre dieci volte – gli ordinò. – E bada di farlo bene.

Soffocando la rabbia, Kengi prese lo stilo e ricominciò da capo.

La mattina trascorse così, sempre uguale. Maestro Azi gli assegnava l'esercizio e si allontanava per un'oretta, lasciandolo solo. Poi rientrava, gettava alle tavolette di Kengi un'occhiata frettolosa, lo puniva e gli ordinava di ricominciare da capo, qualunque cosa lui avesse fatto. Accadde quattro volte. Alla fine, Kengi non avrebbe più saputo dire se ciò che gli faceva male erano le frustate, l'umiliazione, o la noia.

Per fortuna arrivò mezzogiorno e, con esso, l'intervallo per il pranzo. Improvvisamente, nei corridoi della scuola si udì il vociare dei ragazzi che correvano verso il cortile. Maestro Azi gli ordinò di uscire e, questa volta, Kengi obbedì volentieri.

Il cortile della scuola si era riempito velocemente. Come già al mattino, gli studenti si erano riuniti in gruppi sparsi qua e là. Alcuni avevano preso a mangiare subito, con appetito. Altri si erano messi a chiacchierare. Kengi cercò un posto isolato, lontano da tutti, si sedette e aprì il cestino che gli aveva preparato Puabbi.

In quel momento, dall'altra parte del cortile si udì un grido, subito seguito da un tonfo e da uno scroscio di risate. Istintivamente Kengi si voltò.

In piedi vicino al muro che circondava la scuola, la ragazza dai capelli neri che lui aveva notato quella mattina stava osservando, sconsolata, il suo pranzo rovesciato per terra. Evidentemente il cestino doveva esserle sfuggito dalle mani e, cadendo, si era aperto, spargendo il cibo qua e là. Intorno alla ragazza si era formato un capannello di studenti che ridevano, divertiti. Mentre osservava la scena, Kengi udì uno di loro che diceva, con tono ironico:

– Poverina! Ti è caduto. E adesso, come farai?

– Devi stare più attenta – intervenne subito un altro studente. – È già la quarta volta che ti capita. Se vai avanti così, finirai col dimagrire.

L'ultima battuta scatenò una valanga di risate. La ragazza non rispose. Gli occhi bassi, la fronte corrugata, si chinò per raccogliere il cestino. Rapido, uno degli studenti lo colpì con un calcio e lo fece rotolare due metri più in là.

– Oh, scusa! – disse, un attimo dopo, con aria falsamente dispiaciuta. – Non l'ho fatto apposta.

L'osservazione scatenò l'ennesima risata generale. Kengi si sentì salire il sangue alla testa. Adesso era chiaro che quel cestino non era caduto dalle mani della ragazza accidentalmente. Gli studenti le avevano fatto uno stupido scherzo e ora, come se non bastasse, la tormentavano con i loro dispetti. Lui non la conosceva. Non sapeva nemmeno come si chiamasse. Ma sentì che non avrebbe potuto sopportare quella prepotenza senza intervenire. Rosso in viso, si avvicinò.

– Basta – disse. – Lasciatela in pace.

I ragazzi zittirono di colpo. Per qualche attimo, molti occhi lo fissarono, sorpresi. Finalmente, quello che sembrava il capo della combriccola fece un passo avanti.

– Cosa vuoi, tu, *contadino*? – chiese, minaccioso.

– Vi siete divertiti abbastanza – replicò Kengi, sforzandosi di mantenere la calma. – Adesso lasciatela stare.

– E se non volessimo?

– Non vedete che è spaventata?

– E a te cosa importa? È una tua amica, forse?

La domanda lo bloccò. Amica? Per qualche attimo non seppe proprio cosa rispondere. Poi, sperando che il suo imbarazzo non si notasse troppo, strinse i denti e drizzò la schiena.

– Certo che è mia amica – rispose, con aria molto fiera.

Il gruppetto scoppiò a ridere.

– Avete sentito? – chiese qualcuno, ironico.

– La femminuccia si è trovata un amico – replicò un altro.

– Bene – concluse il capo del gruppo, con aria di sfida. – Allora vediamo cosa succede, se faccio così alla tua amica.

E diede alla ragazza una spinta, con ambedue le mani.

Presa alla sprovvista, lei perse l'equilibrio e cadde a terra con un lamento soffocato. Kengi strinse i pugni. La situazione stava precipitando. Non avrebbe voluto litigare. Le raccomandazioni di Puabbi gli risuonavano chiaramente nella testa e lui non era certo un attaccabrighe abituato ad alzare le mani alla prima occasione. Oltre a tutto, quei ragazzi erano più grandi e più forti. Se avesse dovuto lottare con qualcuno di loro, non avrebbe avuto speranze. Ma ora non poteva tirarsi indietro. Non davanti a lei. Piuttosto, si sarebbe fatto tagliare una mano.

Il respiro un po' affannoso, il cuore che gli batteva nelle tempie, fece a sua volta un passo avanti, l'aria decisa. La ragazza si rialzò di scatto e gli si gettò addosso, stringendolo forte.

– No – disse in fretta, la voce tesa. – Se ti batti sarai punito. Potrebbero anche mandarti via dalla scuola, non lo capisci?

– Ma io... – balbettò Kengi, imbarazzatissimo per l'abbraccio della ragazza che continuava a stringerlo come se volesse impedirgli di muoversi.

– Non farlo – ripeté lei. – Io sono abituata alle loro prepotenze. Non ne vale la pena, credimi.

In quel momento si udì una voce autoritaria, poco distante.

– Cosa succede qua? Cosa state facendo?

Attratti dal litigio, altri ragazzi si erano uniti, un po' alla volta, al gruppetto che adesso era piuttosto numeroso. Uno degli Addetti alla Frusta aveva notato l'assembramento e si stava avvicinando. Il suo arrivo scatenò il panico. Se l'uomo si fosse accorto di ciò che stava accadendo, la punizione sarebbe stata durissima per tutti.

– Niente – si affrettò a rispondere la ragazza, staccandosi da Kengi. – Mi... mi è caduto il cestino e loro mi stavano aiutando.

L'Addetto alla Frusta la fissò, poco convinto.

– Ananna, perché dove succede qualcosa ci sei sempre tu? – replicò, irritato. – Via! Allontanatevi tutti. Non voglio più vedervi qui intorno.

Il gruppo si sciolse con la velocità del fulmine. Ben felici d'essersela cavata senza danni, anche la decina di studenti che avevano dato il via al litigio si dispersero nel cortile prendendo direzioni diverse.

La ragazza che l'Addetto alla Frusta aveva chiamato Ananna si chinò di nuovo a raccogliere il suo cestino. Vide che, dentro, non era rimasto praticamente nulla.

– Anche oggi niente pranzo – mormorò.

– Non è la prima volta che ti fanno questo scherzo, vero? – chiese Kengi.

– No – rispose lei.

– Non so che divertimento ci possa essere.

– Sono dei ragazzi stupidi. E, come tutti gli stupidi, si divertono a tormentare chi è più debole di loro.

– Vieni con me – concluse Kengi. – Divideremo il mio pranzo. Io non ho fame.

La ragazza lo fissò, un po' stupita. Fece un lieve sorriso.

– Ti ringrazio – rispose. – Ma è meglio di no. Non devi farti vedere con me.

Gli voltò le spalle e accennò ad allontanarsi. Poi sembrò cambiare idea. Si voltò di nuovo dalla sua parte.

– Come ti chiami? – gli chiese.

– Kengi.

– Io mi chiamo Ananna.

Fece un altro sorriso e si allontanò alla svelta. Kengi, stranamente emozionato, non poté far altro che seguirla con gli occhi, finché Ananna scomparve.

11
Un'amara sorpresa

NON ERA LA PRIMA volta che conosceva una ragazza. Al villaggio, da bambino, aveva avuto molte piccole amiche con cui correre sulla riva del fiume, o in mezzo al grano dei campi coltivati, prima che l'età separasse i giochi dei maschi e delle femmine. La loro presenza era sempre stata una cosa naturale, per lui. Nulla di cui stupirsi. Eppure, conoscere Ananna gli aveva fatto uno strano effetto. Kengi se ne accorse subito. Avevano scambiato solo poche parole. Ma se pensava alla ragazza dagli occhi neri, al suo abbraccio, al sorriso che gli aveva lanciato prima d'andarsene, provava delle sensazioni che non avevano nulla a che fare con i ricordi infantili. Emozioni nuove. Un misto di curiosità, di desiderio e di timore che non sapeva spiegare e che gli sembrava di conoscere per la prima volta.

Quella sera tornò a casa di Lugaresi con la testa piena di domande senza risposta e trovò molta agitazione. I servi e gli schiavi erano impegnati a preparare i bagagli del mercante. Gli stallieri stavano lucidando i carri. Gli scribi erano tutti riuniti nell'archivio al primo piano e discutevano ad alta voce, animatamente. Nei corridoi si respirava un'aria frenetica, nervosa.

– Sembra che re Shulgi stia preparando una nuova guerra – gli spiegò Puabbi, quando l'incontrò in cucina. – Il nobile Lugaresi ha avuto ordine di partire prima dell'alba, per una missione diplomatica.

– Una guerra? – Kengi non capiva bene.

– Gli uomini non sanno pensare ad altro. Uccidere e conquistare. Se al mondo comandassero le donne, le cose andrebbero meglio.

Per Kengi, guerra era solo una parola. Da molti anni la terra delle Teste Nere non conosceva invasioni e saccheggi. C'era stato, sì, un tempo in cui un re di nome Sargon il Grande aveva sottomesso tutte le città tra i due fiumi. E un altro tempo in cui un popolo barbaro, quello dei Gudei, aveva portato la distruzione fin nel cuore di Sumer. Questo, almeno, gli aveva raccontato zio Ebil. Ma erano cose del passato. Ora il regno era vasto e potente. Le battaglie si combattevano lontano, verso i confini del nord e dell'est, e giungevano fino a Ur solo attraverso il racconto dei soldati che tornavano a casa. Lui non ne aveva mai vista una. Eppure, la fantasia non gli mancava e aveva l'impressione che la guerra dovesse essere una vera tragedia. Come se non bastasse (se ne rese conto all'improvviso), la partenza imprevista del mercante rappresentava, per lui, anche un problema personale.

– Il nobile Lugaresi rimarrà lontano per molto tempo? – chiese, preoccupato.

– Questo lo sanno solo gli Dei immortali – rispose Puabbi. – Ma secondo me non tornerà tanto presto.

– Io... avrei bisogno di parlargli.

– Adesso? Non è il momento, Kengi.

– E Irmu?

– Irmu partirà con lui, naturalmente. È il suo uomo più fidato.

– Capisco.

– Cosa c'è, Kengi? Perché hai quell'aria preoccupata?

– Niente... Pensavo.

Le fece un cenno di saluto e lasciò la cucina, in un silenzio pensieroso.

Nel cortile interno incontrò Hekun che stava andando verso i magazzini, in tutta fretta, insieme a due schiavi carichi di ceste. Passandogli accanto, la giovane donna gli lanciò un'occhiataccia.

– Togliti di mezzo – gli ordinò bruscamente. – Non disturbare la gente che lavora.

In quell'attimo, Kengi capì che i suoi timori non erano affatto insensati, come aveva creduto pochi momenti prima. E che, anzi, si sarebbero avverati più presto di quanto avesse pensato. Col nobile Lugaresi impegnato nella sua missione diplomatica, lui sarebbe rimasto solo, praticamente indifeso per chissà quanto tempo. Come se non fosse bastato maestro Azi, d'ora in poi avrebbe dovuto guardarsi le spalle anche a casa.

Il pensiero gli strinse il cuore. Aveva la testa piena di idee confuse e contraddittorie. Il desiderio d'imparare la magia della scrittura era forte. Ma il timore di ciò che Azi avrebbe potuto fargli, per costringerlo ad abbandonare la Casa delle Tavolette, era quasi altrettanto grande. Lui era ben deciso a portare a termine la prova che maestro Duga gli aveva imposto. Ma l'idea di vivere, per mesi, in una casa estranea, piena di persone ostili da cui non avrebbe potuto difendersi, gli dava una sensazione d'angoscia. Si sentiva solo. Aveva l'amara impressione di trovarsi in un labirinto, dove qualsiasi strada lo avrebbe portato a perdersi ancora di più.

In quel turbinio di pensieri contraddittori, a renderlo ancora più confuso c'era anche il ricordo di una ragazza dagli occhi neri. Una ragazza che lo aveva abbracciato stretto, per impedirgli di battersi e di mettersi nei guai. Una ragazza di cui conosceva appena il nome.

Seduto in un angolo del cortile, poco a poco Kengi si trovò a pensare ad Ananna. Ai suoi capelli raccolti sulla nuca. Al sorriso che gli aveva lanciato, quella mattina, a scuola. Si trovò a riflettere sulla strana curiosità, sull'insolito desiderio di rivederla che sentiva dentro di sé. Nonostante tutto, per l'ennesima volta provò un'emozione che non sapeva spiegare. E questo lo rese ancora più irrequieto.

Parte Seconda

1
Un grande rischio

L'IMPROVVISA PARTENZA di Lugaresi verso i lontani confini del regno, segnò l'inizio di un periodo pieno di attese, di timori, di piccole gioie e di grandi preoccupazioni.

Maggio finì e arrivò giugno. Passato il primo momento, la vita di Kengi aveva ormai preso a scorrere come l'acqua di un fiume: sempre uguale. Le sue giornate erano lunghe e faticose. La sera, quando si sdraiava sulla stuoia per riposare, lui si sentiva stanchissimo.

Il suo ultimo pensiero, prima di addormentarsi, era sempre per zio Ebil, per zia Ninkilisu, per Jasma e le cugine. A volte, in quei momenti la nostalgia diventava un nodo freddo nella gola, un senso di vuoto nello stomaco, e lui si trovava a fissare il soffitto della stanza con gli occhi bagnati. Il fatto di non avere notizie della famiglia gli pesava. Ma le poche ore di cammino che separavano Ur dal villaggio sembravano improvvisamente diventate una distanza insuperabile.

E non era tutto.

Col trascorrere delle settimane, la strana emozione che aveva provato nel conoscere la ragazza dagli occhi neri anziché diminuire era andata aumentando. Se, all'inizio, lui era stato soprattutto incuriosito dalla presenza di una femmina nella Casa delle Tavolette, poco a poco Ananna era diventata una specie di pensiero fisso. Un po' perché lavorava da solo, e quindi non aveva alcun contatto con gli altri ragazzi, un po' perché i giovani studenti lo tenevano a distanza, non considerandolo veramente uno di loro, in oltre un mese di permanenza a scuola Kengi non aveva ancora fatto alcuna amicizia. La solitudine gli pesava. Eppure, senza sapere bene perché, l'unica persona che avrebbe desiderato conoscere davvero era proprio quella ragazza.

Purtroppo, dopo il loro primo incontro non aveva più avuto occasione di parlarle. Ananna si faceva vedere raramente, nel cortile della scuola. Anche in quei casi, continuava a starsene per conto proprio, l'espressione sempre dura e imbronciata. Il suo desiderio d'essere lasciata in pace era così evidente che Kengi non trovava mai il coraggio di avvicinarla. La sola cosa che riusciva a fare, di tanto in tanto, era lanciarle un saluto con la mano, all'ingresso, o durante l'intervallo. Pur non accennando mai a dargli confidenza, la ragazza dagli occhi neri gli rispondeva con un lieve sorriso. E quel sorriso era diventato, per lui, una specie di piccolo raggio di sole nel buio di una giornata faticosa e solitaria. Il resto era un'interminabile tortura.

L'atteggiamento di maestro Azi nei suoi confronti non era cambiato, dal primo giorno. Ben deciso a liberarsi di lui al più presto, lo scriba dalla guancia sfregiata continuava a frustarlo, a minacciarlo, a umiliarlo in tutti i modi, come gli aveva promesso.

All'inizio Kengi aveva sperato che maestro Duga, il Padre della Casa, si accorgesse di ciò che stava succedendo e intervenisse. Ma presto capì che non sarebbe mai accaduto. Duga non aveva alcun motivo per dubitare di maestro Azi. E comunque, non gli importava granché del giovane contadino che aveva accolto nella Casa delle Tavolette solo per favorire un amico.

L'unica persona che avrebbe potuto cambiare le cose, grazie alla propria autorità, era il nobile Lugaresi. Con il mercante impegnato nella sua missione diplomatica, non poteva contare sull'aiuto di nessuno.

Se questa era la situazione a scuola, a casa le cose non andavano meglio. Come aveva temuto, ora che Lugaresi non c'era più la sua posizione si era fatta difficile. Appena il padrone era partito, servi e scribi avevano preso a trattarlo come un vagabondo, un estraneo che non aveva alcun diritto di trovarsi in mezzo a loro e che sopportavano a malapena. La presenza di Puabbi impediva che quelle manifestazioni di antipatia e di ostilità diventassero qualcosa di più grave. Ma Kengi dovette ugualmente abituarsi a ricevere, un po' da tutti, prepotenze, dispetti, osservazioni cattive, piccole e grandi scortesie.

Un giorno, tornando a casa, scoprì che gli scribi avevano organizzato una festicciola, ma quando ne chiese il motivo, venne allontanato in malomodo. Un altro giorno seppe che uno dei servi doveva recarsi in un villaggio vicino al suo e lo pregò di fare una piccola deviazione fino alla casa di zio Ebil, per avere notizie.

– Io non sono il tuo schiavo – si limitò a rispondere l'uomo, seccato.

Ricordando quello che gli aveva raccomandato Irmu, il carrettiere, fin dal primo momento, Kengi fingeva di non accorgersi di quelle prepotenze e le ignorava.

Ma ignorare Hekun non era altrettanto facile.

Senza il controllo di Lugaresi, la giovane donna aveva cominciato a comportarsi letteralmente da padrona. Dava ordini, minacciava, gridava, puniva, rendendo l'atmosfera della casa quasi irrespirabile. Servi e schiavi le obbedivano ciecamente. Gli scribi e gli aiutanti di Lugaresi erano visibilmente irritati per il suo comportamento, ma non osavano contraddirla (in fondo era davvero possibile che, un giorno, Hekun sposasse il padrone. Meglio non correre rischi).

La sola che le tenesse testa era Puabbi. La vecchia nutrice sapeva bene di occupare, nel cuore del mercante, il posto di una madre e non temeva di alzare la voce. I contrasti tra lei ed Hekun rendevano tutti tesi e nervosi. Le loro discussioni finivano sempre in grandi litigi, in urla e battibecchi che riecheggiavano per tutta la casa fino a sera.

Fortunatamente gli impegni scolastici permettevano a Kengi di rimanere lontano da casa per la maggior parte del tempo. Le lezioni iniziavano al mattino e terminavano nel tardo pomeriggio. Gironzolando un po' per le strade della città, attardandosi al porto o al mercato, Kengi rincasava praticamente la sera, giusto in tempo per cenare e andare a dormire. Nonostante questo, più volte gli capitò d'incontrare Hekun, per caso. E, in tutte queste occasioni, ebbe sempre la sensazione che la giovane donna stesse aspettando solo il momento più opportuno per giocargli un brutto scherzo. Finalmente, si decise a parlarne con Puabbi.

– Anch'io ho l'impressione che Hekun abbia in mente qualcosa – gli rispose la vecchia nutrice.

– Credi che cercherà di mandarmi via? – insistette Kengi.

– Stai tranquillo – concluse lei. – Finché sarò in questa casa, nessuno potrà toccarti. E, prima o poi, tornerà il padrone.

Le parole di Puabbi lo tranquillizzarono un po', ma non del tutto. La vecchia nutrice era una donna gentile e materna. Se avesse potuto, lo avrebbe certamente aiutato. Ma, col tempo, lui aveva imparato a conoscere Hekun e a capire che la giovane donna dagli occhi velenosi non era solo una persona ambiziosa e prepotente. Era anche intelligente, furba e decisa. Qualunque cosa avesse in mente, non sarebbe stato facile contrastarla.

Per alcuni giorni Kengi continuò ad avere la netta sensazione di un pericolo incombente. Ma non accadde nulla. E, a un certo punto, una nuova preoccupazione lo costrinse a mettere da parte anche quel pensiero.

I suoi studi andavano a rilento. Lui era entrato nella scuola a maggio. Ormai si era alla fine di giugno. Ma, in quasi due mesi di lavoro, aveva imparato a riconoscere, a scrivere e a pronunciare i caratteri contenuti in una sola delle dieci tavolette d'esercitazione che maestro Duga gli aveva assegnato come programma d'esame.

In quel periodo, anche se Azi lo aveva ostacolato in tutti i modi, la sua volontà, il suo impegno, la sua ottima memoria gli avevano permesso di imparare tutto ciò che lo scriba fingeva d'insegnargli. Probabilmente, lo stesso Azi sarebbe rimasto stupito dei suoi progressi, se avesse prestato attenzione agli esercizi che lui completava quotidianamente, o se gli avesse chiesto di leggere i caratteri che andava memorizzando. Il problema era che restavano poco più di quattro mesi alla fine del periodo di prova e ancora nove tavolette da studiare. I conti erano presto fatti. A quella velocità non sarebbe mai riuscito a terminare il programma in tempo. Maestro Azi stava andando avanti troppo lentamente. E forse lo faceva apposta.

I problemi si aggiungevano ai problemi.

Un giorno, un messaggero giunto dal palazzo di re Shulgi portò finalmente notizie del nobile Lugaresi. Il mercante si era velocemente spinto verso nord, seguendo il corso dell'Eufrate, fino alla città di Kish. Qui aveva deviato il percorso, raggiungendo il Tigri (il secondo, grande fiume delle terre di Sumer) e imbarcandosi su una nave che lo avrebbe portato ad Assur. La sua meta finale erano i piccoli regni che confinavano con Sumer dalla parte dei monti. Regni di cui avrebbe dovuto provare la fedeltà e l'obbedienza a re Shulgi, in vista della nuova guerra che si annunciava.

Impegnato nella sua missione diplomatica, il nobile Lugaresi si stava allontanando da Ur sempre di più. Non c'era alcuna speranza che tornasse a casa presto. Kengi non avrebbe potuto contare sul suo aiuto ancora per chissà quanto tempo. La preoccupazione per la lentezza con cui procedevano i suoi studi lo afferrò come una stretta alla gola. Finalmente prese una decisione. Era un grosso rischio. Eppure non vedeva altra soluzione.

Le lezioni di maestro Azi seguivano un andamento sempre uguale. Lo scriba gli indicava la riga da copiare sulla tavoletta d'esercitazione, gli dava qualche rapida indicazione sul modo di tracciare i segni, di impugnare lo stilo, di muovere la mano, e gli assegnava un esercizio.

A quel punto, quasi sempre Azi si allontanava dalla stanza, lasciandolo solo, e tornava circa un'ora dopo. La sua era una vera e propria abitudine, e Kengi cominciò a sfruttarla. Appena lo scriba si allontanava, lui prendeva dalla cesta due tavolette fresche. Sulla prima completava l'esercizio che gli era stato assegnato, il più velocemente possibile. Poi, sulla seconda, prendeva a copiare, per conto proprio, i caratteri delle altre tavolette d'esercitazione allineate sullo scaffale: i caratteri che Azi non gli aveva ancora insegnato. Quando aveva terminato, cancellava la superficie d'argilla e ricominciava da capo, finché era certo d'averli memorizzati.

Imparare l'alfabeto in quel modo, senza neppure le rapide indicazioni di maestro Azi, era faticoso. Ma scrivere gli dava sempre una grande gioia e lui ci metteva tutta la pazienza, l'impegno, la volontà e l'orgoglio di cui si sentiva capace. Copiava e ricopiava, stando attento all'impugnatura dello stilo, ai movimenti della mano, alle dimensioni e alla posizione dei segni sull'argilla. Per essere certo d'aver imparato bene, dopo le prime due o tre copiature cercava di scrivere i caratteri a memoria. Spesso, alla fine della giornata era ancora insoddisfatto dei risultati. Allora nascondeva la tavoletta nel cestino del pranzo, la portava fuori della scuola e continuava l'esercizio in un posto tranquillo, finché c'era luce.

Apparentemente stava seguendo gli insegnamenti del maestro. In realtà, andava avanti per conto proprio.

Lavorando in segreto, di nascosto, nel giro di alcune settimane riuscì a imparare un buon numero di caratteri nuovi che altrimenti non avrebbe mai conosciuto.

Naturalmente, in questo modo doveva faticare il doppio. Ben presto, la sera, dopo una giornata di frustate, di umiliazioni e di copiature fatte col cuore in gola, sempre nel terrore d'essere scoperto, cominciò a sentirsi così stanco da non avere quasi la forza di cenare.

Cominciò a crollare sulla stuoia, addormentato, e a sognare la sua famiglia lontana.

– Kengi, qualche volta bisogna anche riposare – lo rimproverava Puabbi, vedendolo sfinito per la fatica.

Ma la voce delle tavolette d'argilla era troppo forte, dentro di lui. Le parole senza suono che arrivavano al cuore attraverso gli occhi, lo raggiungevano al di là di qualsiasi stanchezza. Lui voleva imparare la scrittura. Testardamente, anche se sapeva che Puabbi stava parlando per il suo bene, non si permise d'interrompere quel doppio lavoro. Anzi, prese l'abitudine di portare a casa le tavolette su cui scriveva di nascosto, per poterle riguardare in qualsiasi momento.

Col passare delle settimane quelle tavolette diventarono numerose e lui le raccolse in un cesto di vimini che si era fatto prestare dalla nutrice. Un giorno il cesto sparì e, con esso, tutte le sue tavolette. Qualcuno della casa gliele aveva rubate, per danneggiarlo, o semplicemente per fargli uno stupido dispetto. Sul momento Kengi si limitò ad alzare le spalle (non erano certo queste le cose che potevano spaventarlo). Ma poi, ripensando al furto, si trovò a riflettere meglio su ciò che stava facendo. E d'improvviso si rese conto d'avere un problema molto più grave della sparizione di qualche tavoletta usata. Un problema a cui, fino a quel momento, non aveva pensato.

Il doppio lavoro che si era imposto stava dando i suoi frutti. Anche se era ancora un principiante alle prime armi, sapeva già scrivere un certo numero di caratteri, con rapidità e senza errori. Ma per la maggior parte (ed era questo il grosso problema) non sapeva leggerli. Da solo non avrebbe mai potuto imparare la pronuncia e il significato dei segni che stava copiando di nascosto. E la lettura era parte del suo programma di studi, esattamente come la scrittura. In quel caso, il desiderio, la volontà e l'impegno non bastavano. Avrebbe avuto bisogno di qualcuno che lo aiutasse, pronunciando quei segni ad alta voce almeno una volta. Ma chi? Il nobile Lugaresi lo avrebbe fatto certamente con piacere. Ma il mercante era lontano e nessuno sapeva quando sarebbe tornato. Anche gli scribi che lavoravano per lui sarebbero stati in grado di aiutarlo. Ma da loro non poteva aspettarsi nulla. Nella casa di Lugaresi, il giovane contadino che voleva imparare i segreti delle tavolette d'argilla era un ospite mal tollerato.

Se non fosse riuscito a risolvere quel problema, tutto il suo lavoro sarebbe stato inutile. Il pensiero lo rese ancora più cupo e malinconico.

Per alcuni giorni si sforzò di pensare a una soluzione, inutilmente.

Poi accadde qualcosa d'imprevisto.

2
Un aiuto insperato

ERA LA FINE di luglio. Il sole di mezzogiorno bruciava, alto nel cielo. Nel cortile della scuola, le palme gettavano a terra ombre dritte e immobili, appena scosse da un venticello irregolare. Seduto sotto il portico, durante l'intervallo, Kengi il Pensieroso sbocconcellava distrattamente una focaccia d'orzo.

Era stata la solita mattina interminabile. Maestro Azi gli aveva fatto ripetere lo stesso esercizio tre volte, senza insegnargli niente di nuovo rispetto ai giorni precedenti. Si sentiva abbattuto. Aveva la testa piena di pensieri tristi e il cuore stretto da una malinconia che faceva fatica a sopportare. Il chiacchierio dei ragazzi intorno a lui, le loro grida, le loro risate, erano solo rumori lontani. Quando si sentì rivolgere la parola, sobbalzò.

– Che ti succede, Kengi?

A due passi di distanza, Ananna lo stava osservando con aria incerta. Incredibile ma vero, preso da troppi pensieri lui non si era neppure accorto della sua presenza.

– Co... cosa? – balbettò, ingoiando velocemente il boccone.

– Ti vedo triste – proseguì lei. – C'è qualcosa che non va?

Kengi si lasciò sfuggire una smorfia.

– Qualcosa? – rispose. – Sarebbe meglio dire tutto.

– Perché non me ne parli? – concluse Ananna.

E sedette vicino a lui, aggiustando il vestito sulle spalle.

Per qualche attimo Kengi rimase senza parole. Erano più di due mesi che guardava Ananna da lontano, limitandosi a qualche timido saluto con la mano. In quel periodo, aveva cercato inutilmente la scusa buona per avvicinarla e parlarle. Nelle rare occasioni in cui compariva nel cortile della scuola, la ragazza non aveva fatto nulla per incoraggiarlo. Lui era arrivato perfino a sperare che qualcuno le facesse di nuovo lo scherzo del cestino, per poter intervenire. Eppure, adesso che lei gli si era seduta vicino, sentiva le labbra secche e un nodo in gola.

Esitò. Sul momento temette che non sarebbe riuscito ad aprire bocca. Poi qualcosa scattò nella sua testa. Era troppo tempo che non parlava con un coetaneo. Di colpo si trovò a raccontarle tutto, come se fossero stati vecchi amici. Le parlò di quello che accadeva nella casa di Lugaresi e dei suoi timori per il futuro. Le disse di maestro Azi e delle sue prepotenze. Cominciò a parlare e non smise più. Ananna lo ascoltò senza interromperlo, l'espressione seria e attenta.

– Sei stato sfortunato – osservò alla fine. – Qui tutti conoscono Azi. Una volta era un bravo maestro, sai? Uno dei migliori. Purtroppo, oggi non è più così.

– Un bravo maestro? Non riesco a crederci.

– Eppure è vero. Un tempo Azi era uno dei migliori insegnanti della scuola. Poi gli è capitato qualcosa (non so bene cosa, ma credo che c'entri la cicatrice che ha sulla guancia). Da quel giorno è cambiato. È diventato irascibile e violento. Una volta maestro Duga ha cercato di mandarlo via. Ma Azi ha degli amici potenti, al tempio, ed è riuscito a cavarsela.

– Per mia sfortuna, a quanto pare.

– Ti punisce spesso?

– Continuamente, senza alcun motivo. E c'è di peggio.

– Cosa può essere peggio di una punizione ingiusta?

Era un segreto pericoloso da rivelare. Ma, di nuovo, Kengi si trovò a confidarsi con Ananna come se fosse stata la cosa più naturale del mondo. Sottovoce, stando bene attento che nessun altro potesse sentirlo, le disse che era molto in ritardo sul programma di studi e le raccontò quello che stava facendo, di nascosto, per rimediare.

– Purtroppo, in questo modo posso imparare a scrivere, ma non a leggere – concluse, corrucciato. – Posso imparare a tracciare i segni sull'argilla, ma non ne conosco né la pronuncia né il significato. Quando mi esaminerà, maestro Duga se ne accorgerà subito e tutto il mio lavoro sarà stato inutile.

– Potrei aiutarti io – ribatté Ananna, l'espressione pensierosa.

Kengi ebbe un nuovo sobbalzo.

– Davvero lo faresti?

– Io frequento la scuola da molto tempo. Sono più avanti di te. Potrei insegnarti quello che so. Ma forse tu non vuoi.

– Perché non dovrei volere?

– Non ti vergogneresti di farti insegnare da una ragazza?

– Vergognarmi? Non capisco.

Ananna lo fissò più intensamente.

– Sei uno strano tipo, Kengi – osservò. – In questa scuola non c'è nessuno che mi guardi con simpatia. È scandaloso che una femmina frequenti la Casa delle Tavolette: lo dicono tutti. Se non fosse per la ricchezza di mia madre e per le generose donazioni che fa al tempio ogni anno, mi manderebbero via oggi stesso. Tu, invece, sembri contento che io ci sia. Perché?

Kengi il Pensieroso sentì che stava arrossendo. Cosa avrebbe dovuto dirle? Che quando l'aveva vista, due mesi prima, aveva provato un desiderio che ancora non riusciva a capire? Che, da quel momento, aveva pensato spesso a lei, con emozione, anche se non sapeva bene perché?

– Io... voglio imparare la magia della scrittura – si affrettò a rispondere. – E con il tuo aiuto potrei riuscirci.

Ananna corrugò la fronte. Sembrò rendersi conto che la risposta di Kengi era sincera solo a metà, ma non fece commenti.

– Non so se sono abbastanza brava – osservò.

– Io sono sicuro di sì – rispose lui.

– Dovremo lavorare dopo l'orario scolastico.

– La fatica non mi spaventa.

– Se gli altri ragazzi ti vedono insieme a me, ti prenderanno in giro.

– Facciano pure.

– Non hai paura di restare senza amici?

– Anche tu non hai amici.

– È diverso. Io sono una ragazza. È naturale che nessuno mi voglia stare vicino.

– Io sì – esclamò Kengi, d'impulso. – Io voglio starti vicino.

Questa volta fu Ananna ad arrossire.

– Perché? – mormorò.

– Se nessuno ci vuole, possiamo farci compagnia tra noi, non credi? – concluse lui, con convinzione.

Ananna non rispose. Lo sguardo fisso a terra, le labbra strette, sembrò riflettere intensamente. Il suo silenzio continuò a lungo e, a un certo punto, Kengi cominciò a sentirsi un po' nervoso.

– Quanti anni hai? – chiese, tanto per dire qualcosa.

– Tredici. E tu?

– Anch'io.

In quel momento si udì il richiamo dell'Addetto alla Frusta. L'intervallo per il pranzo era finito. Loro si alzarono lentamente. Per qualche attimo restarono là, uno davanti all'altra, senza parlare.

– Allora ti aspetto dopo le lezioni – disse Ananna, finalmente.

PER KENGI quello fu un pomeriggio insolito. Durante la lezione, più volte dovette fare uno sforzo per non distrarsi. Per la prima volta da quando frequentava la scuola, sentiva di avere in testa delle cose che non erano né la magia della scrittura né la voce delle tavolette d'argilla. Erano pensieri dolci, ma anche inquietanti. Lo facevano sentire felice, ma anche spaventato.

Aspettò la fine delle lezioni con impazienza. Quando gli studenti lasciarono la scuola, li seguì in fretta. Nel cortile prese a guardarsi attorno, nervosamente. Poi uscì sulla strada. Di Ananna non c'era traccia.

Aspettò. A lungo. La voce della ragazza lo raggiunse quando ormai si era quasi rassegnato ad andarsene.

– Sono qui.

Kengi si voltò. La ragazza dagli occhi neri era sul lato opposto della strada e si nascondeva dietro il muro di una casa. Lui si affrettò a raggiungerla.

– Non devi far vedere che mi aspetti – gli disse lei. – Lascia che i ragazzi se ne vadano via tutti, prima di uscire dalla scuola.

– Perché?

– È meglio che non ci vedano assieme. Non ti lascerebbero più in pace.

– Non ho paura di loro.

– Kengi, tu sei un ragazzo coraggioso: l'ho capito subito. Ma il coraggio diventa una cosa stupida, quando è inutile. Se dai ai ragazzi della scuola l'occasione di prenderti in giro a causa mia, prima o poi litigherai con qualcuno. Vi prenderete a pugni e maestro Duga ti manderà via, per punizione. È questo che vuoi?

– No di certo!

– Allora dammi retta. Devi imparare a essere furbo. L'unico modo per non avere guai è evitarli.

Kengi strinse i denti. Il suo orgoglio si ribellava all'idea di abbassare la testa davanti a dei coetanei presuntuosi e superbi, convinti d'essere superiori a lui solo perché erano nati in una grande città e in una famiglia ricca. Qualche mese prima, al villaggio, probabilmente avrebbe pensato che avessero ragione. Ma adesso le cose erano cambiate. Adesso anche lui era uno studente. Avrebbe voluto rispondere a quei ragazzi come si meritavano. Eppure, naturalmente, Ananna aveva ragione.

– D'accordo – concesse, di malavoglia. – Faremo come dici tu.

– Dove preferisci che andiamo?

– Di solito, quando voglio stare tranquillo, vado al Porto Settentrionale.

– Allora, andiamo al porto – concluse Ananna.

Si avviarono lentamente, uno accanto all'altra. Durante il tragitto, per qualche minuto non dissero una parola. Era la prima volta che si trovavano, insieme, fuori del cortile della scuola. La reciproca vicinanza dava a Kengi un'acuta sensazione d'insicurezza e lui non riusciva a parlare. Da parte sua, la ragazza sembrava chiusa in chissà quali pensieri, lo sguardo ostinato, fisso davanti a sé.

Giunti al Porto Settentrionale, Kengi si diresse verso un vecchio magazzino, non più in uso, da dove si poteva osservare l'intero bacino d'acqua, pieno di barche e di navi. A quell'ora del tardo pomeriggio, il più grande porto fluviale di Ur era ancora in piena attività. A dispetto del continuo via vai di gente, in mezzo alla confusione sarebbero passati inosservati.

Giunti al magazzino, Kengi tirò fuori le tavolette che aveva nascosto nel cestino del pranzo e sedette a gambe incrociate.

– Per prima cosa, vediamo quello che sai fare – disse Ananna, sedendosi accanto a lui.

Kengi impugnò lo stilo e tracciò nell'argilla una prima serie di segni.

– Questi sono i caratteri che maestro Azi mi ha insegnato fino a oggi – disse, quando ebbe finito.

– Sai leggerli? – chiese Ananna.

– Certo – rispose lui.

E li lesse, uno a uno, con sicurezza.

– È tutto giusto – commentò la ragazza. – Vediamo il resto.

Senza farsi pregare, Kengi tracciò sulla tavoletta una seconda serie di caratteri. La serie era più lunga della prima e lui ci mise un po' di tempo.

– Questo è ciò che ho imparato da solo, fino a ora – disse finalmente. – So scriverlo, ma non so leggerlo.

Ananna osservò il risultato delle sue fatiche con molta attenzione.

– I caratteri sono tracciati bene – commentò, alla fine. – Mi sembra quasi impossibile che tu abbia imparato tante cose senza l'aiuto di un maestro. Sei bravo. Ci sono solo alcune imperfezioni. Guarda qui, per esempio. Per scrivere questo segno devi tenere lo stilo così e muovere il polso in questo modo.

Gli fece vedere il movimento. Kengi si affrettò a incidere di nuovo il segno sull'argilla, tre o quattro volte, seguendo le sue indicazioni.

– Anche questo è un carattere che devi migliorare – proseguì Ananna. – Tu lo tracci troppo stretto. Può confondersi con altri. Comunque, non sono grossi errori. All'inizio, io facevo di peggio. Ma adesso stai attento: ti faccio sentire la pronuncia.

Lentamente, lesse i primi segni, indicandoli uno a uno con l'indice.

– Vuoi che ripeta? – chiese alla fine.

– Non occorre – rispose Kengi.

E lesse a sua volta i primi caratteri, ad alta voce. Li lesse di nuovo, più lentamente, come se volesse imprimerseli nella memoria. Li ripeté ancora, senza guardare la tavoletta.

– Benissimo! – esclamò Ananna, sorpresa. – Ma come hai fatto a ricordarli, dopo avermi ascoltato una volta sola?

– Ho una buona memoria. Non dimentico mai niente.

– Sei fortunato. Per imparare a scrivere, la memoria è molto importante. Gli Dei sono dalla tua parte.

– Forse – concluse Kengi, a cui gli avvenimenti degli ultimi mesi non erano sembrati proprio un segno della benevolenza divina.

Ananna fece un sorriso e ricominciò, leggendo altri caratteri tra quelli che Kengi aveva tracciato sulla tavoletta. Poi aspettò che lui li ripetesse.

Andarono avanti così finché il sole fu troppo basso per poter continuare. Kengi si rese conto che quelle due ore passate insieme ad Ananna erano state utilissime. Si sentì felice. A dispetto del maestro, stava migliorando la grafia, stava imparando a leggere e trascorreva un po' di tempo con la sua nuova amica. Non avrebbe potuto chiedere di più.

– Sono contento di averti conosciuta – mormorò, timidamente.

Per qualche attimo lei fece un sorriso incerto, come se non sapesse cosa rispondere. Poi la sua espressione cambiò.

– Anch'io sono contenta – rispose.

Kengi ebbe l'impressione che la ragazza avesse trovato finalmente il coraggio di riconoscere una cosa importante. Una cosa che, fino a quel momento, aveva tenuto nascosta anche a se stessa. Ananna aveva sempre diffidato dei ragazzi: lo capì con chiarezza. I maschi che aveva incontrato fino a quel giorno erano stati stupidi, dispettosi e prepotenti. Ma lui era diverso. E adesso anche Ananna aveva deciso di ammetterlo: forse aveva davvero trovato un amico. La sua diffidenza si era sciolta. L'ultima barriera che esisteva tra loro era caduta.

– Torniamo qui, domani? – chiese.

– Sì – rispose lei. – Ma adesso devo andare. Mia madre mi aspetta.

– Spero che non ti punirà, per aver fatto tardi.

– Oh, è abituata ad avere una figlia che fa quello che vuole. Brontolerà un po' e poi penserà ad altro.

– E tuo padre?

– Mio padre? Be'... un giorno ti racconterò. Ma adesso andiamo.

Si avviarono insieme. Usciti dalla zona del porto si salutarono e presero strade diverse.

3
Alla scoperta di Ananna

«A DOMANI», GLI AVEVA detto Ananna, dopo il primo appuntamento. In quel momento Kengi aveva pensato che ci sarebbero stati molti altri domani, per loro. Il tempo gli diede ragione.

Nei giorni successivi s'incontrarono ancora. E ancora. E ancora. Anche luglio passò e arrivò agosto. Per i due ragazzi, vedersi ogni pomeriggio, dopo le lezioni, era ormai diventata una piacevole abitudine. Per evitare che qualcuno dei compagni di scuola potesse scoprirli insieme (Ananna era stata molto decisa, su questo punto), s'incontravano davanti alla cappelletta di Khendursanga: la divinità protettrice dei malati. La cappella era un tempietto pubblico che si trovava nel quartiere meridionale e la ragazza l'aveva scelta solo perché le era sempre piaciuta l'immagine rossa del demone-guardiano dipinta sulla facciata. Lasciando la cappelletta, il più delle volte tornavano al Porto Settentrionale, mescolandosi ai marinai che riparavano le vele e riempivano le stive.

La ragazza dagli occhi neri e dai lunghi capelli raccolti sulla nuca aveva preso molto seriamente il suo ruolo d'insegnante segreta. Leggeva a Kengi i segni tracciati nell'argilla e gli correggeva la grafia ogni giorno. Nonostante fosse spesso stanco per il lavoro a scuola, Kengi l'ascoltava attentamente e seguiva le sue indicazioni senza protestare. Nei momenti di pausa, le raccontava di zio Ebil, di zia Ninkilisu, di Jasma e delle cugine. Le raccontava del villaggio sulla riva del fiume, dove le nuvole ritardatarie, qualche volta, avevano la forma di un asino e correvano verso il mare, scuotendo la testa e la coda. Come amica, Ananna era una compagna vivace e un'ascoltatrice attenta. Come maestra, era paziente e pignola. Una vera fortuna per Kengi che si rendeva conto, sempre più, di come non avrebbe avuto alcuna speranza di superare l'esame, senza il suo aiuto. Ma lui sarebbe stato contento anche se la ragazza si fosse comportata diversamente. Quello che passavano insieme era l'unico periodo sereno della giornata. Una sola cosa gli dispiaceva: che Ananna non parlasse mai di sé.

Nonostante si vedessero ogni giorno, la ragazza continuava a essere una specie di mistero. Qualche volta, tra un esercizio e l'altro, Kengi provava ad approfondire la sua conoscenza, chiedendole della famiglia, o dei suoi progetti per il futuro. Ma lei si rinchiudeva sempre in un silenzio pensieroso, scuoteva la testa e sorrideva con aria malinconica. In quei momenti, Ananna tornava a essere la ragazza triste e imbronciata che Kengi aveva conosciuto i primi giorni. E, anche se la curiosità era forte, lui si affrettava a cambiare discorso.

Le cose andarono avanti in questo modo fino a un pomeriggio di metà agosto. Quel giorno maestro Azi era stato molto duro. Con la schiena rigata dai segni rossi delle frustate, Kengi faceva un po' fatica a sedere correttamente e Ananna si trovò a chiedergli, accigliata, perché fosse così deciso a diventare scriba a tutti i costi. Kengi cercò di descriverle la gioia che provava quando i suoi occhi fissavano una tavoletta e lui aveva l'impressione che l'argilla gli parlasse. Quella della scrittura era una voce magica e meravigliosa, le disse. Una voce senza suoni che faceva diventare reali i sogni. Ananna lo ascoltò con attenzione.

– Non avevo mai considerato le cose da questo punto di vista – disse alla fine. – A sentirti parlare, la scuola sembra un posto meraviglioso. Sei nato per lo studio: lo si capisce subito.

– E tu? – chiese lui. – Come mai una ragazza frequenta la Casa delle Tavolette?

Ananna si rabbuiò.

– Mio padre è morto quand'ero bambina – rispose, dopo un'esitazione. – In un certo senso è per questo che mi trovo a scuola.

Dal tono della sua voce, Kengi si rese conto che l'argomento doveva essere molto doloroso, per lei.

– Forse ti farebbe bene parlarne – la incoraggiò.

Ananna fece una smorfia. La fronte corrugata, per qualche secondo sembrò volersi rinchiudere nel solito silenzio.

– Mio padre era un mercante, come il tuo Lugaresi – disse invece, con tono esitante. – Lavorava molto e non ci faceva mancare nulla. Ma aveva un grande desiderio: veder nascere un figlio maschio.

– È un desiderio comune a molti padri.

– È vero. Ma per lui era una specie di ossessione. Voleva un figlio a cui poter insegnare quello che lui stesso aveva imparato da suo padre. Un figlio a cui lasciare il suo nome e le sue ricchezze. Un figlio in cui potersi riconoscere. Naturalmente, queste cose me le ha raccontate mia madre.

– Continua.

– Quando nacqui io, rimase molto deluso. Però era un uomo devoto agli Dei. Pregava e faceva sacrifici ogni giorno. Era convinto che, prima o poi, loro gli avrebbero concesso il figlio maschio che desiderava tanto. Era convinto che si trattasse solo di aspettare. Anche se non era stato contento della mia nascita, all'inizio mi accolse ugualmente con gioia. Ma il tempo passava senza che accadesse nulla. E finalmente, un giorno i medici gli dissero che preghiere e sacrifici erano inutili. Mia madre non avrebbe potuto avere altri figli, mai più.

– Com'è possibile?

– Nel periodo della mia nascita era stata male per parecchi giorni. La malattia l'aveva resa sterile.

– Capisco.

– Come puoi immaginare, per mio padre fu una scoperta terribile. Da quel momento diventò un altro uomo. Si rinchiuse in se stesso. Smise di pregare gli Dei e di fare donazioni al tempio. Si gettò nel lavoro, come per dimenticare la delusione. Quando era a casa, spesso picchiava chiunque gli capitasse a tiro. Qualche volta si arrabbiava anche con me. Allora mia madre correva a difendermi e cominciavano a litigare. Io non capivo bene le loro parole, ma mi rendevo conto che erano arrabbiatissimi. Mi sembravano due cani inferociti. Avevo l'impressione che volessero sbranarsi. E questo mi spaventava a morte.

– Allora cosa facevi?

– Correvo in giardino e mi nascondevo dietro un cespuglio, finché non li sentivo smettere. Stupido, vero?

– Lo avrei fatto anch'io.

– Col passare del tempo, questo cominciò ad accadere praticamente ogni giorno. Allora io capii che i loro scontri non erano soltanto litigi passeggeri. Tra mio padre e mia madre era successo qualcosa d'irreparabile. Avevano cominciato a odiarsi. Capisci? Le persone che io amavo di più al mondo, le persone alle quali chiedevo affetto e protezione, si odiavano. Ed era colpa mia.

– Adesso stai dicendo una sciocchezza.

– Credi? Prima che io nascessi, erano vissuti insieme serenamente e con amore. Era stato l'arrivo di una figlia a cambiare le cose. Avevano cominciato a odiarsi per causa mia.

Un po' alla volta la voce di Ananna si era fatta tesa e cupa. Senza accorgersene, la ragazza aveva cominciato a tormentarsi il vestito con le mani, lo sguardo fisso. Kengi si accorse che stava anche tremando leggermente. D'impulso, le mise un braccio intorno alle spalle e la strinse, come per offrirle protezione.

– Ti stai attribuendo delle colpe che non hai – continuò, cautamente. – Nessuno di noi è responsabile della propria nascita. Comunque, capisco cosa vuoi dire. Se io mi fossi trovato in una situazione simile, sarei morto di paura.

– Anch'io avevo l'impressione che sarei morta, prima o poi – ammise Ananna, abbandonandosi nel suo abbraccio protettivo. – Ma la nostra vita familiare non durò abbastanza perché potesse accadere. Un giorno mio padre partì per uno dei suoi viaggi d'affari e non tornò più. Ci dissero che era rimasto ucciso durante una rissa, nella città di Uruk. Il colpevole venne preso, ma non fu condannato. La rissa era stata provocata da mio padre. L'altro si era solo difeso.

– Mi dispiace. So cosa vuol dire essere orfani.

– Io lo capisco fino in fondo solo adesso. A quel tempo avevo cinque anni. Ero ancora troppo piccola. In quanto a mia madre, disse soltanto: «Ce la caveremo benissimo, da sole». Non dimenticherò mai lo sguardo che aveva negli occhi, quel giorno. Era contenta. Mio padre non c'era più e lei si sentiva finalmente liberata da un incubo.

Kengi scosse la testa.

– È una storia terribile, Ananna – osservò. – Ma ancora non capisco cosa c'entri con la tua presenza nella Casa delle Tavolette.

– È semplice – rispose lei. – Non avendo figli maschi, mia madre si mise a dirigere l'azienda di famiglia personalmente. Lo fece molto bene e noi diventammo ancora più ricche di prima. Ma questo non cambiò i suoi sentimenti. La vita con mio padre le aveva insegnato a odiare gli uomini. Non voleva che capitasse a me quello che era capitato a lei. Così, un giorno, decise che io avrei dovuto imparare a essere autonoma e indipendente. Che avrei dovuto vivere da sola. Che non avrei mai dovuto sposarmi. Fece una grossa donazione al tempio e riuscì a farmi accettare nella Casa delle Tavolette nonostante fossi una ragazza. Capisci? Voleva che, da grande, potessi prendere in mano l'azienda di famiglia come aveva fatto lei. Voleva che imparassi a scrivere e a fare i conti, per poter continuare la nostra attività commerciale senza aver bisogno dell'aiuto di nessuno. Riesci a vedere il lato umoristico della cosa? Mia madre odia gli uomini. Ma, proprio per questo, in un certo senso ha voluto che io diventassi un maschio.

– E tu?

– Ho accettato perché non potevo oppormi. Ma non ho mai capito il suo desiderio. E poi, il commercio mi annoia. L'idea di fare il mercante per tutta la vita non mi diverte affatto.

– Però la decisione di tua madre ti ha permesso di frequentare la scuola. Non tutti hanno questa fortuna.

– Le persone sono diverse, Kengi – concluse Ananna. – Ciò che rende felice qualcuno può lasciare indifferente un altro. Tu sei nato per diventare scriba: lo si capisce subito. Io non so ancora cosa voglio fare.

La risposta colpì Kengi che, nei giorni successivi, si trovò a riflettere spesso su quelle parole. «Le persone sono diverse», aveva detto la ragazza dagli occhi neri. E naturalmente aveva ragione: lo capiva. Ma il fatto che qualcuno, pur avendone la possibilità, non fosse felicissimo di diventare scriba, era un'idea nuova, per lui. Una piccola scoperta che faticava ad accettare. A parte questo, che Ananna avesse molte cose da insegnargli, oltre alla corretta grafia dei caratteri tracciati sull'argilla e alla loro pronuncia, era una realtà evidente.

Anche se avevano la stessa età, tra loro c'era una differenza importante. Lui era nato in un piccolo villaggio di contadini. Da bambino aveva conosciuto solo il lavoro nei campi, l'attesa della pioggia, lo scorrere lento del fiume e il rincorrersi delle stagioni. Fino al giorno in cui aveva scoperto, per caso, la magia della scrittura, aveva avuto un'esistenza anche troppo tranquilla. Ananna era nata a Ur: la grande capitale del regno. Aveva avuto esperienze diverse e drammatiche che l'avevano fatta crescere in fretta e la mettevano in condizione di vedere le cose con occhi particolari. Lui era dotato di curiosità e di fantasia, ma era ancora un frutto acerbo sull'albero. Ananna era molto più matura.

A volte le osservazioni della ragazza lo lasciavano a bocca aperta. Ad esempio, un giorno, mentre si esercitava nella lettura, seduto su un muretto del Porto Settentrionale, Kengi si accorse che Ananna stava osservando un gruppo di schiavi impegnati a scaricare dei grossi otri da un barcone poco lontano. La ragazza era così concentrata su quella scena che lui non poté fare a meno di sorridere, divertito.

– Non hai mai visto degli uomini al lavoro? – chiese.

– Stavo pensando... – rispose lei, la fronte corrugata. – Perché a questo mondo c'è chi ha tutto e chi non ha niente? Perché gli Dei hanno creato gli uomini liberi e gli schiavi? I sacerdoti ci dicono che il volere degli Dei è giusto. Ma che giustizia può essere quella che permette a un uomo di comperare e di vendere un altro uomo, come se fosse un oggetto, o un animale?

Kengi non poté far altro che fissarla in silenzio, senza sapere cosa rispondere. Con poche parole, Ananna gli aveva spalancato davanti agli occhi un intero universo di domande senza risposta. Perché al mondo c'erano gli uomini liberi e gli schiavi? Era veramente la volontà degli Dei a stabilire quella grande differenza tra gli esseri umani? E se era così, che significato poteva avere? Si trattava di problemi difficili, a cui lui non aveva mai pensato e che scopriva solo grazie ad Ananna.

Che gli insegnasse a leggere, che lo costringesse a riflettere su se stesso o sui perché del mondo, Ananna era una scoperta continua. Ma anche quando non facevano niente, anche quando si limitavano a stare vicini, in silenzio, si tenevano per mano, o si sorridevano guardandosi negli occhi, Kengi sentiva che la ragazza era ormai diventata una parte di lui. Giorno dopo giorno si era reso conto di provare, per Ananna, un sentimento di grande affetto. Un affetto molto diverso da quello che sentiva per zio Ebil, o per zia Ninkilisu. Molto diverso da quello che provava per Jasma, per le sue cugine, o per le amiche con cui aveva giocato sulla riva del fiume, da bambino. Un sentimento che gli allargava il cuore e, qualche volta, gli faceva tremare le braccia. Un'emozione carica di strani desideri che provava per la prima volta.

4
L'accusa

QUALCOSA, DENTRO di lui, stava cambiando, lentamente ma con decisione. Col passare del tempo, i suoi desideri diventavano più complicati. I suoi sogni (all'inizio gli era sembrato tutto così chiaro, così limpido), si riempivano di luci e di ombre, di strane sfumature. Sentimenti nuovi, ancora sconosciuti, stavano prendendo il posto delle sue vecchie emozioni di bambino. Sentimenti con cui doveva imparare a vivere.

Un pomeriggio ne parlò con Ananna.

– Certo che sei cambiato – lo prese in giro lei. – Sei diventato più alto!

Kengi capì che la ragazza stava scherzando e si mise a ridere. Ma il pensiero rimase. Vivendo, gli uomini si trasformano: questa era la sua ultima scoperta. Con l'andare del tempo, nulla rimane esattamente uguale.

La prova più clamorosa, la ebbe il giorno

in cui si accorse, improvvisamente, che perfino maestro Azi era un po' cambiato, rispetto ai primi mesi.

Apparentemente, lo scriba dalla guancia sfregiata si comportava, con lui, come aveva sempre fatto. Ogni mattina Azi gli indicava la riga da copiare, sulla tavoletta d'esercitazione, e gli assegnava l'esercizio. Ma adesso, contrariamente a quanto era accaduto nei primi tempi, non si allontanava subito dalla stanza. Almeno, non sempre. Qualche volta rimaneva per un po' a osservarlo, mentre lui era impegnato nella copiatura. E, in una di queste occasioni, Kengi si accorse, con grande stupore, che lo scriba lo stava guardando con un'espressione ammirata.

Ebbe una rapida intuizione e dovette fare uno sforzo per trattenere un gesto di sorpresa. Era come se, nonostante tutto, maestro Azi fosse rimasto colpito dalla sua caparbietà, dalla sua volontà d'imparare. All'inizio, lo scriba era stato convinto che non ci sarebbe voluto molto per spaventare un giovane contadino sprovveduto e allontanarlo dalla scuola. Ma, nonostante tutte le sue calcolate prepotenze, Kengi continuava a presentarsi, ogni giorno, alla Casa delle Tavolette, a sopportare in silenzio frustate e rimproveri, a lavorare con impegno. E, ogni tanto, suo malgrado, maestro Azi non poteva fare a meno di tradire una certa ammirazione, per quel comportamento, con uno sguardo e un sorriso.

Era possibile che potesse cambiare fino al punto di accettarlo?

La domanda accompagnò Kengi per qualche giorno. Ma presto fu superata da altri pensieri e venne messa da parte. Con tutto ciò che stava imparando a scuola, con la presenza di Ananna, con le mille esperienze nuove che gli offriva la capitale del regno, Kengi il Pensieroso non aveva certo modo d'annoiarsi. A dispetto della fatica e delle difficoltà, fino alla metà di agosto le giornate gli sembrarono altrettante rapide corse verso il momento decisivo dell'esame. Poi il nobile Lugaresi tornò dalla sua missione diplomatica. E scattò una trappola lungamente preparata.

ERA SUCCESSO qualcosa. Quella sera, tornando a casa, Kengi se ne accorse subito. Contrariamente al solito, la vecchia Puabbi non era in cucina ad aspettarlo per chiedergli come fosse andata a scuola e per dargli da mangiare. I servi correvano di qua e di là, indaffarati. E attraversando il cortile interno, lui ebbe la sorpresa d'incontrare una persona che non vedeva da molto tempo.

– Irmu!

Il carrettiere si voltò.

– Ecco il giovane contadino che voleva diventare scriba, per amore delle tavolette d'argilla – lo salutò, sorridendo.

– Voglio ancora diventare scriba – rispose Kengi. – E amo ancora le tavolette.

– Lo so: il nobile Lugaresi mi ha detto che sei un ragazzo ostinato.

– Come sta il mercante?

– È molto stanco. Come tutti noi, del resto. Abbiamo viaggiato per settimane, da una città all'altra, quasi senza sosta. Ai margini del deserto abbiamo dovuto affrontare una banda di predoni e, sul Tigri, la nostra nave è quasi naufragata. Sinceramente, sono contento d'essere a casa.

Kengi corrugò la fronte.

– E la guerra? – chiese.

– Scoppierà presto – rispose Irmu. – Re Shulgi è deciso ad allargare i confini del regno e gli alleati hanno promesso di aiutarlo.

– Perché gli uomini combattono tra loro? – insistette lui.

– Lo vogliono gli Dei – ribatté il carrettiere. – È sempre stato così e non cambierà mai. Ma parliamo di te. Come ti sei trovato in questa casa?

Raccontargli tutto quello che era successo negli ultimi mesi sarebbe stato troppo lungo. Kengi si limitò a riassumere brevemente le difficoltà che aveva incontrato con i servi e gli aiutanti del mercante.

– Avevi ragione tu – concluse, scuotendo

la testa. – Mi considerano un pericolo per i loro interessi. Se me ne andassi da questa casa, sarebbero molto contenti. E la più ostile di tutti è Hekun.

– Questo mi fa venire in mente una cosa – ribatté Irmu, accigliato, come se fosse stato colpito da un pensiero improvviso. – Non vorrei spaventarti, ma credo che Hekun ne stia combinando una delle sue. Appena Lugaresi è sceso dal carro gli è corsa incontro. Ho visto che discutevano e ho sentito fare il tuo nome due o tre volte. Hekun era molto agitata e il nobile Lugaresi mi è sembrato sorpreso e addolorato. Non avrai combinato qualcosa, vero?

Kengi (che alle parole del carrettiere si era irrigidito) scosse la testa.

– Ti giuro che non ho fatto niente di male – rispose.

– Ci credo – concluse Irmu. – Ma stai attento. Ho l'impressione che ti aspetti qualche brutta sorpresa.

L'avvertimento del carrettiere lo aveva così spaventato che Kengi andò a letto senza cenare.

La giornata successiva, a scuola, fu lunghissima. Per la prima volta, neppure la presenza di Ananna riuscì a risollevargli il morale. Sentiva che si stava avvicinando una tempesta e l'attesa era insopportabile.

Comunque non dovette aspettare molto. La

brutta sorpresa preannunciata da Irmu arrivò quella sera stessa. Rientrando in casa, Kengi trovò Puabbi sulla porta, l'aria preoccupata.

– Il padrone vuole vederti subito – gli disse la vecchia nutrice.

Lui la seguì, senza una parola. Puabbi lo condusse nella Sala di Ricevimento: la stanza principale della casa, dove di solito venivano accolti gli ospiti importanti. Appena entrato, Kengi ebbe l'impressione di trovarsi in un'aula di tribunale. Il nobile Lugaresi sedeva al centro della sala, l'aria cupa e pensierosa. Alla sua destra, in piedi, c'era Irmu, chiaramente irritato. A sinistra, Hekun e due servi di cui Kengi non ricordava i nomi, ma che erano sempre stati tra i più ostili nei suoi confronti.

– Salute a te, nobile Lugaresi – mormorò, sforzandosi di dominare la paura. – Sono contento di rivederti.

– Salute a te, Kengi – rispose il mercante, accigliato. – Anch'io sono contento di rivederti. È da molto tempo che non ho tue notizie. Vorrei poterti chiedere come stai e come procede lo studio. Vorrei poterti chiedere tante cose. Ma ho un dovere da compiere e lo devo fare subito. Prima che cominci, hai niente da dirmi? Se hai commesso qualche azione disonesta, sarebbe meglio che tu lo ammettessi spontaneamente. Ne terremmo conto.

– Azione disonesta? – ripeté Kengi, disorientato. – Io non ho fatto niente.

Negli occhi stanchi di Lugaresi passò un lampo d'imbarazzo.

– Purtroppo c'è chi giura il contrario – osservò il mercante.

Poi fece un cenno con la mano, verso Hekun, e ordinò:

– Ripeti quello che mi hai detto.

Hekun si lasciò sfuggire un sorriso. Era troppo furba per mostrare apertamente la propria soddisfazione, ma non poteva nasconderla del tutto. Kengi capì che, al di là delle apparenze, la giovane donna dagli occhi velenosi era trionfante. Dopo mesi di attesa, doveva aver finalmente trovato il modo di liberarsi di lui.

– Alcuni giorni fa mi sono recata nella cappella, per le solite pulizie – cominciò a raccontare Hekun. – Con mia grande sorpresa, ho scoperto che alcune sepolture erano state manomesse. La tomba della tua signora era stata violata, nobile Lugaresi. E dalla tomba erano spariti i gioielli che lei amava tanto.

Il mercante fece una smorfia di dolore, come se l'idea lo colpisse fisicamente.

– Cosa rispondi, Kengi? – chiese.

Per parecchi secondi lui fu incapace di trovare le parole. Il racconto di Hekun lo aveva preso alla sprovvista. Non era nemmeno sicuro di averlo capito. Lo stavano accusando di aver rubato dei gioielli da una tomba? Naturalmente lui sapeva che nelle abitazioni dei ricchi e dei nobili c'era una cappella privata, dove venivano sepolti i morti della famiglia. La cappella di Lugaresi si trovava sul retro della casa, vicino al cortile esterno, e a lui era capitato spesso di passarci davanti mentre si recava alla fontana per lavarsi. Ma non c'era mai entrato. Non ne avrebbe avuto alcun motivo. E poi, cosa c'entrava quella storia dei gioielli? Confuso, rimase in silenzio. Il nobile Lugaresi sembrò rendersi conto delle sue difficoltà.

– Come sai, mia moglie e mio figlio sono morti nel fiume, alcuni anni fa – spiegò, rompendo finalmente il silenzio. – Enki, Dio delle acque dolci, non mi ha mai restituito i loro corpi e io non ho potuto seppellirli nella cappella di famiglia, come avrei voluto. Perché vi fosse almeno qualcosa che me li ricordava, nella tomba di mio figlio ho fatto seppellire i suoi giocattoli, e in quella di mia moglie, i suoi gioielli preferiti. Adesso Hekun mi dice che i gioielli sono stati rubati. E afferma che il colpevole sei tu.

L'accusa era talmente grave che Kengi ebbe l'impressione di soffocare. D'improvviso la paura era scomparsa, cancellata dalla rabbia e dall'orgoglio ferito. Rosso in viso, strinse i denti e drizzò la schiena.

– Io non sapevo nemmeno che esistessero, questi gioielli! – rispose, senza rendersi conto che aveva gridato.

– Allora come mai sono finiti qua? – ribatté Hekun, freddamente, alzando un cesto di vimini perché tutti potessero vederlo. – Lo riconosci? Era in camera tua. I gioielli sono ancora qui dentro, nascosti sotto le tavolette d'argilla.

Kengi sentì un tuffo al cuore. Quello che Hekun teneva tra le mani era il cesto scomparso dalla sua stanza alcune settimane prima. Allora aveva pensato che qualcuno dei servi glielo avesse rubato per fargli uno stupido dispetto. Ora si rendeva conto che la ragione era ben più grave.

– I gioielli si trovano effettivamente in quel cesto – intervenne Lugaresi, vedendo che lui non rispondeva. – E mi dicono che il cesto è tuo. Inoltre ci sono due servi che giurano di averti visto uscire dalla cappella, alcuni giorni fa, tenendo in mano qualcosa. Kengi, io non posso ignorare queste accuse. Cosa rispondi?

Per parecchi secondi lui continuò a rimanere in silenzio. La rabbia e il disgusto per la cattiveria di chi aveva inventato quell'accusa, la confusione e la paura di trovarsi in una situazione critica, lo stordivano. Hekun e i due servi erano d'accordo. Stavano mentendo. Lui lo sapeva. Ma era la sua parola contro la loro. E il cesto di vimini, con i gioielli nascosti fra le tavolette, sembrava essere una prova decisiva.

Improvvisamente la gravità della situazione lo colpì come uno schiaffo. Se il nobile Lugaresi lo avesse ritenuto colpevole, sarebbe stato mandato via. Niente più scuola. Niente più scrittura. Niente più Ananna. Tutti i suoi sogni sarebbero svaniti di colpo, come un ramoscello d'albero nei gorghi del fiume.

– Nobile Lugaresi... – balbettò, finalmente. – Giuro che non sapevo nulla dei gioielli scomparsi. Ma, poiché qualcuno mi accusa, ti chiedo di rispondere a una domanda. Alcuni mesi fa, quando ti ho salvato la vita, al fiume, tu ti sei offerto di darmi tutto ciò che volevo. Avrei potuto chiederti argento, rame, pietre preziose e qualsiasi altra cosa. Ma io ti ho chiesto solo di poter andare a scuola e diventare scriba. Perché avrei dovuto rifiutare la ricchezza e poi mettermi a rubare? Se avessi voluto dei gioielli, mi sarebbe bastato chiederli. Non è questo che mi hai sempre detto?

Negli occhi di Lugaresi passò un lampo di sollievo. In quell'attimo Kengi capì che il mercante era dalla sua parte. Non aveva mai creduto alle accuse e adesso era contento di vedere che lui sapeva difendersi. La scoperta lo risollevò un poco.

– Questo non c'entra! – cercò d'intervenire Hekun che sembrava essere stata presa alla sprovvista dalle parole di Kengi.

– Invece è una buona domanda – la contraddisse Irmu, alzando la voce.

– Io ho trovato i gioielli nascosti in camera sua! – insistette Hekun, che adesso sembrava meno sicura di sé.

– Quel cesto è mio – ammise Kengi. – Ed era nella mia stanza: è vero. Ma, nobile Lugaresi, se avessi voluto rubarti qualcosa sarei stato davvero stupido a nasconderlo proprio nella mia camera, non credi? La casa è grande. Avrei potuto trovare mille nascondigli più sicuri.

– E anche questo è vero – ribadì Lugaresi, senza riuscire a nascondere un sorriso. – Saresti stato uno stupido, a commettere una simile ingenuità. E tu non lo sei. In effetti questa storia mi sembra sempre più strana.

– Ci sono due testimoni! – tuonò Hekun, nervosamente. – Tutti e due giurano di averlo visto uscire dalla cappella. Giurano che aveva qualcosa tra le mani, quel giorno, e che camminava in fretta, cercando di nascondersi.

Kengi strinse i denti. La presenza dei due servi bugiardi era un punto decisivo a favore della donna. Anche se Lugaresi era dalla sua parte, non avrebbe potuto ignorare la loro parola. Come padrone della casa era obbligato a comandare con giustizia. E la giustizia non gli avrebbe permesso di far passare sotto silenzio due testimonianze così concordi. Improvvisamente capì che, nonostante tutto, la sua autodifesa era destinata a fallire. Qualunque cosa avesse detto, il racconto dei due servi, il loro giuramento, gli sarebbe stato fatale. Con un senso di vuoto nello stomaco, ricordò le parole che zio Ebil gli aveva ripetuto tante volte, al villaggio: «Anche gli uomini più giusti possono sbagliare. Solo gli Dei non sbagliano mai».

– Nobile Lugaresi, io non ho modo di provare che i tuoi servi mentono – riprese, la voce che gli tremava. – E so che la loro accusa è troppo grave per poter sperare in un perdono. Ma sono innocente. Quindi non mi resta che una cosa da fare: chiedere il Giudizio Divino.

Le sue parole caddero nella stanza come pietre. Per parecchi secondi, Puabbi, Hekun e i due servi lo fissarono a bocca aperta.

– Kengi... – balbettò Irmu. – Tu non sai quello che dici.

Ma poi non ebbe il coraggio di aggiungere altro e si limitò a guardarlo, sbalordito. Kengi sentì un nodo in gola. Anche se era un giovane contadino poco istruito, sapeva bene che il Giudizio degli Dei era una prova pericolosissima. Se la sua richiesta fosse stata portata davanti ai giudici del re, questi avrebbero potuto ordinargli di attraversare il fiume con le mani legate dietro la schiena, per dimostrare la propria innocenza. Oppure di camminare in un sentiero di fiamme. Oppure ancora, di affrontare un toro selvatico a mani nude. Il Giudizio degli Dei avrebbe potuto liberarlo da qualsiasi accusa. Ma avrebbe anche potuto concludersi con la sua morte. Era una follia. Eppure, cos'altro gli restava da fare? Rimase là, a testa bassa, senza sapere cosa aggiungere.

Per parecchi secondi, nessuno ebbe il coraggio di replicare. In quel silenzio gelido, il nobile Lugaresi lo fissò a lungo, accigliato e pensieroso.

– Sono state dette molte cose – concluse finalmente. – Ora spetta a me riflettere e decidere. Vai in camera tua.

Kengi ebbe un'esitazione. Quell'ordine inaspettato significava, forse, che il mercante non accettava la sua richiesta? Che aveva deciso di credere ad Hekun e riteneva inutile qualsiasi altra prova? Lasciò la Sala di Ricevimento con un nodo alla gola, salì in camera sua e cercò di distendersi sulla stuoia. Non ci riuscì. Era troppo nervoso. E, adesso che l'interrogatorio era finito, aveva anche voglia di piangere per la rabbia.

Cominciò a camminare avanti e indietro, tormentandosi le mani. Il cuore gli batteva forte.

L'attesa fu interminabile. Passò almeno un'ora. Finalmente Kengi sentì che qualcuno stava salendo le scale. Sulla porta comparve Puabbi.

– Tutto bene – disse subito la vecchia nutrice. – I servi hanno confessato la loro bugia. Nessuno ti ha mai visto uscire dalla cappella e l'idea di organizzare il furto dei gioielli per poterti accusare è stata di Hekun. Hanno ammesso tutto. Non devi più preoccuparti. È finita.

– Come... com'è possibile che abbiano confessato? – chiese lui, ancora incredulo.

– Il nobile Lugaresi è un uomo saggio – rispose Puabbi, con un sorriso. – Poiché tu avevi chiesto il Giudizio degli Dei, lui ha detto che avrebbe accettato. Ma poi ha aggiunto che anche loro avrebbero dovuto affrontare la tua stessa prova. Ha detto che vi avrebbe fatti gettare nel fiume, tutti e quattro, con le mani legate e una cesta piena di sassi sulla schiena. Naturalmente, non lo avrebbe mai fatto. Ma loro non potevano saperlo. Hekun ha cercato di mostrarsi tranquilla fino all'ultimo. I due servi non sono stati altrettanto coraggiosi. Essendo colpevoli, si sono spaventati e hanno confessato, chiedendo perdono. È tutto finito, Kengi. Sei innocente.

Per qualche secondo lui continuò a fissarla, gli occhi spalancati, come se ancora non capisse. Le parole di Puabbi gli entrarono nella testa lentamente. Era tutto finito. Era innocente. Di colpo gli sembrò che qualcosa avesse cominciato a bruciargli nel cuore. Si precipitò tra le braccia della vecchia nutrice e scoppiò a piangere. Puabbi prese ad accarezzarlo, stringendolo a sé.

– Sfogati, bambino mio – mormorò. – Sfogati.

5
La sparizione di Ananna

L'AVEVA SCAMPATA bella!

La mattina dopo, nel cortile della scuola, cercò subito Ananna, per raccontarle tutto. Ma la ragazza non c'era e lui dovette raggiungere la stanza dove lo aspettava maestro Azi senza poterle parlare.

Sul momento non se ne preoccupò. Ananna preferiva farsi vedere il meno possibile, per evitare i dispetti e gli scherzi dei compagni. Lui era sicuro che l'avrebbe tro vata ad aspettarlo davanti alla cappelletta di Khendursanga.

Ma quando, nel tardo pomeriggio, si recò al solito appuntamento, non trovò nessuno. Impaziente, aspettò per alcuni minuti. Poi corse al Porto Settentrionale. Ma la ragazza non era nemmeno al porto. Dopo un'altra attesa inutile, un po' perplesso per l'insolito comportamento dell'amica, tornò a casa, dove cercò di vedere il nobile Lugaresi.

Con tutto quello che gli era capitato il giorno prima, il suo debito di gratitudine nei confronti del mercante era cresciuto. Se i suoi sogni non erano svaniti di colpo, lo doveva unicamente a lui, alla sua fiducia e alla fermezza con cui aveva costretto i servi a confessare la loro bugia. Il minimo che potesse fare era ringraziarlo di cuore. La sera prima era stato troppo sconvolto per pensarci. Ora doveva rimediare. Chiese a Puabbi dove potesse trovarlo. Ma la vecchia nutrice scosse la testa, mentre era impegnata a svolgere alcuni lavori in cucina.

– Il padrone non è tornato a casa, oggi – gli rispose. – E dubito che lo farà.

Kengi non ebbe bisogno di altre spiegazioni. La guerra, sempre la guerra. Fece una smorfia e si rassegnò ad aspettare.

In realtà, trascorsero parecchi giorni prima che potesse rivedere il nobile Lugaresi. Il mercante era quasi sempre impegnato con re Shulgi e con i suoi consiglieri militari, al palazzo reale. Alcune volte tornava molto tardi, quando l'intera casa stava dormendo da un pezzo. Altre volte non rincasava affatto e i suoi affari erano condotti dagli aiutanti, a cui lui faceva arrivare gli ordini più urgenti tramite tavolette firmate col suo sigillo cilindrico.

Di Lugaresi, Kengi venne a sapere solo che aveva mandato via Hekun e i due servitori bugiardi, senza denunciarli ai giudici del re. Un altro padrone li avrebbe puniti duramente per ciò che avevano fatto. Ma il mercante era un uomo generoso. Si era limitato ad allontanarli dalla sua casa, ordinando loro di non tornare mai più.

Kengi il Pensieroso fu contento che tutto si fosse concluso in quel modo. Non provava alcun desiderio di vendetta verso i suoi persecutori. Gli bastava che non potessero più fargli del male. E in effetti, adesso che i tre se n'erano andati, nella casa del nobile Lugaresi erano cambiate molte cose. Il tentativo di accusarlo ingiustamente e il modo in cui l'episodio si era concluso avevano fatto capire a tutti, una volta per sempre, che il giovane contadino dallo sguardo orgoglioso doveva essere trattato come uno della famiglia. Ora i servi e gli scribi lo rispettavano. A volte erano perfino gentili, con lui.

Nonostante si avvicinasse il giorno dell'esame, lui si sentiva insolitamente tranquillo. Una sola cosa lo preoccupava: il tempo passava e Ananna continuava a non farsi vedere. Tutte le mattine, all'ingresso e durante l'intervallo per il pranzo, lui la cercava con lo sguardo nel cortile della scuola. Il pomeriggio si recava, di corsa, dov'erano soliti darsi appuntamento, e l'aspettava a lungo. Qualche volta andava anche al porto, sperando d'incontrarla là. Ma, di lei, nessuna traccia.

Dopo una settimana, non ne poté più. Ananna gli mancava. A parte l'aiuto prezioso che gli stava dando nello studio, la ragazza era diventata una persona troppo importante, per lui. Anche se, a casa di Lugaresi, ormai tutti si comportavano amichevolmente nei suoi confronti, senza di lei si sentiva solo. La sua prolungata assenza da scuola lo rendeva inquieto. Era sicuro che Ananna non sarebbe mai sparita volontariamente, per un così lungo periodo, senza avvertirlo. Doveva esserle successo qualcosa. Uscendo dalla Casa delle Tavolette, quel pomeriggio, si mise a cercarla, ben deciso a svelare il mistero della sua scomparsa al più presto.

DURANTE UNO dei loro incontri quotidiani, la ragazza dagli occhi neri gli aveva indicato la zona della città dove abitava. Kengi vi si recò di corsa e cominciò a chiedere informazioni. Da principio non fu fortunato. Le indicazioni che poteva dare erano piuttosto vaghe e nessuno capiva di chi stesse parlando. Finalmente incontrò un fabbricante di sandali che la conosceva.

– Certo che so dove abita. Vendo spesso i miei sandali a sua madre.

E diede a Kengi indicazioni precise.

Pur non essendo paragonabile con quella di Lugaresi (ma il mercante era uno degli uomini più potenti della città: ormai lo sapeva), l'abitazione di Ananna era un grande edificio a due piani, circondato da un giardino ben tenuto, pieno di palme e tamerici. La facciata senza finestre era bianca e pulita. Il tetto era di solide travi di legno, leggermente sporgenti.

Kengi esitò un istante, poi si affacciò alla porta.

Al di là della stuoia intrecciata che chiudeva l'ingresso, si apriva un lungo corridoio di mattoni cotti. In fondo al corridoio s'intravedeva il solito cortile interno, tipico delle case più ricche.

– Posso entrare? – chiese Kengi, prudentemente, facendo due passi avanti.

Da una porticina laterale uscì subito una donna giovane, vestita modestamente con un abito di lana grezza, che teneva tra le mani una caraffa piena d'olio.

– Chi sei? – chiese. – Cosa vuoi?

– Io... mi chiamo Kengi – rispose lui. – Sto cercando Ananna.

– La padroncina non può essere disturbata – replicò la ragazza.

– Vorrei solo vederla per qualche momento – insistette Kengi, senza scoraggiarsi.

– Ti ho detto che non può essere disturbata – ripeté lei.

– Mi basta un minuto.

– Forse tra qualche giorno.

– Ma io...

– Insomma, sei sordo? – sbottò la giovane

donna, alzando un po' la voce. – Ti ho detto che non si può.

Ora che aveva trovato l'abitazione di Ananna, Kengi era ben deciso ad avere almeno qualche informazione. Ma farsi buttare fuori dalla servitù, come un vagabondo, non sarebbe stato il modo migliore per ottenerla.

– Me ne vado – acconsentì. – Dimmi solo se è in casa.

– Certo che è in casa – rispose la donna, fissandolo con espressione ironica. – Dove credi che possa andare?

Era già una buona notizia. Senza aggiungere altro, Kengi le girò le spalle e si allontanò. Uscito nel giardino, non poté fare a meno di voltarsi verso la casa, ancora una volta. L'aria pensierosa, per qualche attimo fissò la porta d'ingresso che era riuscito appena a varcare.

Adesso sapeva almeno che Ananna si trovava in città. E se la ragazza dagli occhi neri era a Ur, nessuno avrebbe potuto impedirgli di rivederla, presto o tardi.

QUELLA STESSA SERA, il nobile Lugaresi trovò finalmente un po' di tempo per lui e lo fece chiamare nell'archivio. Il mercante appariva molto stanco. Aveva la schiena un po' curva, il volto teso e gli occhi arrossati, quasi che non dormisse da giorni. Eppure lo accolse ugualmente con un sorriso, come se fosse davvero contento di vederlo. Lo fece sedere su una stuoia, davanti a lui.

– Siamo alla fine del tuo periodo di prova – gli ricordò subito. – Mi ero ripromesso di starti vicino, in questi mesi. Ma gli Dei hanno voluto diversamente. Non sempre gli uomini possono fare ciò che desiderano. E, come sai, questo è un momento particolare, per il regno.

– Sei stato molto buono, con me – si affrettò a rispondere Kengi. – Devo ancora ringraziarti per non avermi creduto un ladro.

Lugaresi fece un gesto con la mano, per dire che quella storia era ormai chiusa e dimenticata.

– Come procedono i tuoi studi alla Casa delle Tavolette? – continuò. – Stai imparando ciò che maestro Azi ti insegna?

Kengi nascose una smorfia. Se avesse potuto dire la verità, il nobile Lugaresi sarebbe rimasto molto sorpreso. Ma nella vita bisogna anche saper tacere, qualche volta. A dispetto di Azi, ormai le cose stavano andando abbastanza bene. Il maestro non era riuscito a cacciarlo dalla scuola, l'esame era vicino e, grazie ad Ananna (di colpo, il pensiero della ragazza gli strinse il cuore), lui si sentiva sufficientemente preparato. Denunciare il comportamento dello scriba, a quel punto, avrebbe creato solo delle inutili complicazioni.

– Ho imparato molte cose – si limitò a dire.

– I sei mesi sono quasi finiti. Mancano pochi giorni alla prova. Ti senti pronto?

– Ho fatto il mio dovere.

– Questa è la cosa più importante. Ho sempre saputo che sei un ragazzo pieno di buona volontà. Spero che maestro Duga si convinca e ti permetta di frequentare la scuola regolarmente. Te lo meriti.

Kengi vide che negli occhi stanchi del mercante brillava una luce orgogliosa. Capì che, per un attimo, Lugaresi lo aveva guardato con affetto. Si sentì confuso, fiero e intimorito. Quasi arrossì.

– Dimostrerò di aver meritato la tua fiducia – balbettò.

– Quando scoppierà la guerra, io dovrò partire di nuovo – continuò il mercante. – Ma ho chiesto a re Shulgi di rimanere a Ur il tempo necessario per assistere al tuo esame. Desidero accompagnarti personalmente. Sempre che tu lo voglia.

– Ne sarò felice.

– Comunque, tra poco la scuola chiuderà per qualche giorno.

Kengi corrugò la fronte, sorpreso.

– Perché?

– È tradizione – spiegò Lugaresi. – Re Shulgi si prepara a partire per una difficile campagna militare. Ci sarà una grande festa. Tutte le attività verranno sospese. Per le strade di Ur si canterà e si ballerà. Ci saranno processioni e sacrifici. Verranno distribuiti cibo e bevande. Il popolo sarà allegro e benedirà il nome del suo re, chiedendo agli Dei di proteggerlo in battaglia.

A Kengi non sfuggì il tono un po' amaro di quelle osservazioni.

– Tu non sei contento che ci sia la guerra? – chiese.

– Solo un pazzo potrebbe esserlo – rispose il mercante. – Guerra significa morte, distruzione, lacrime e lutti. La guerra è una delle cose più terribili che gli uomini abbiano mai inventato.

– Allora perché combattiamo? – non poté fare a meno di chiedere lui.

– Re Shulgi ha un grande sogno: fare di tutte le terre una sola terra, di tutti i popoli un solo popolo – rispose Lugarcsi, con un lieve sorriso. – Grazie alla sua volontà e con l'aiuto degli Dei, le città che si trovano tra i due fiumi diventeranno un unico regno. È già accaduto ai tempi di Sargon il Grande. Ma Sargon non era sumero. Questa volta saremo noi a creare l'impero che toccherà i quattro angoli del mondo. È il grande sogno di un grande re. E io sono felice di poter contribuire alla sua realizzazione. Vorrei solo che non fosse necessario combattere, uccidere e morire, per questo. Ma è una cosa che non si può evitare, purtroppo.

Kengi si lasciò sfuggire una piccola smorfia. Se la guerra significa lacrime e lutti, perché non evitarla? Può davvero esistere un sogno così grande e bello da giustificare la morte e la distruzione? Per un attimo fu sul punto di chiederlo. Poi vide l'espressione stanca di Lugaresi e lasciò perdere.

– Io... – cominciò, esitando.

– Desideri qualcosa? – lo incoraggiò il mercante. – Chiedi pure.

– Pensavo che, se la scuola rimarrà chiusa, potrei andare a trovare la mia famiglia – continuò lui.

– Mi sembra una buona idea – concluse Lugaresi, sorridendo. – È parecchio tempo che non la vedi. Ti farò accompagnare da Irmu. Oltre a tutto, una piccola vacanza ti servirà per riposare. Questi ultimi mesi devono essere stati molto faticosi per te.

Fu deciso che Kengi sarebbe partito non appena i dignitari di corte avessero proclamato i tre giorni di festeggiamento. Ma lui dovette fare uno sforzo per nascondere l'inquietudine. Chiedere di poter andare a trovare la famiglia era stato un gesto istintivo, ben comprensibile. Ma adesso se n'era già pentito. Il pensiero di allontanarsi da Ur senza aver scoperto cosa fosse successo ad Ananna, lo innervosiva. D'altra parte, anche zio Ebil e zia Ninkilisu avevano il diritto di vederlo, dopo tanto tempo. C'era un'unica soluzione: doveva riuscire a incontrare la ragazza prima di partire.

6
Una casa triste

IL GIORNO DOPO, Kengi si presentò a scuola con quel pensiero fisso nella testa. Non vedeva l'ora che le lezioni terminassero, per poter correre a casa di Ananna e cercare di avere sue notizie. Come al solito, la giornata fu lunga. Ma l'atteggiamento di maestro Azi lo aiutò a superarla senza troppi problemi.

Ormai, lo scriba dalla guancia sfregiata aveva completamente cambiato sistema. Messa da parte la frusta, si limitava a non insegnargli niente di nuovo, costringendolo a ripetere, all'infinito, delle copiature eseguite già mille volte.

La ragione di quel comportamento era evidente e lui non aveva tardato a capirla. Non essendo riuscito a farlo fuggire dalla Casa delle Tavolette, Azi si era ormai rassegnato a portare a termine il proprio incarico fino in fondo. Tuttavia, voleva essere certo che il giovane contadino non avesse alcuna possibilità di superare l'esame. Probabilmente temeva che, in quel caso, maestro Duga lo avrebbe affidato di nuovo alle sue cure. E cercava di evitare, a tutti i costi, quella che considerava ancora un'ingiusta punizione.

Anche quella mattina, maestro Azi si limitò ad assegnargli degli esercizi che lui conosceva a memoria. Kengi completò le copiature diligentemente, aspettò la fine delle lezioni e corse subito a casa di Ananna.

Come il giorno prima, sulla porta lo accolse la giovane donna con l'abito di lana grezza.

– Ancora tu? – brontolò lei, appena lo vide. – Bisogna dire che non ti arrendi molto facilmente.

– Posso vedere Ananna, oggi? – chiese Kengi.

– Oggi la situazione non è cambiata – rispose la giovane donna. – Quindi vattene via, se non vuoi che chiami la padrona.

Non sembrava una minaccia grave e Kengi si preparò a insistere. Ma prima che potesse farlo, dal cortile interno della casa spuntò una donna di mezza età, vestita elegantemente con un abito di lana ritorta, una fibbia d'argento e una collana di lapislazzuli al collo.

– Cosa succede? – chiese subito lei, squadrandolo dalla testa ai piedi con aria autoritaria. – Chi sei tu?

La donna assomigliava molto ad Ananna. Aveva i suoi stessi capelli, raccolti sulla nuca in una fascia azzurra, e gli stessi occhi, grandi e neri, un po' nascosti da un trucco pesante. Kengi non ebbe alcun dubbio: era sua madre. Nonostante avesse sperato d'incontrarla, prima o poi, si sentì intimorito dall'espressione severa con cui lo stava fissando.

– Io... – balbettò – mi chiamo Kengi. Sono un compagno di scuola di Ananna e...

– Da quando, un compagno di scuola di mia figlia viene a trovarla? – lo interruppe la donna, bruscamente.

– Sono molti giorni che manca da scuola...

– E con questo?

– Volevo sapere come mai.

– Perché?

– Noi... siamo amici – concluse Kengi, sempre più intimorito dallo sguardo duro e dalla voce aspra della donna.

Lei fece una smorfia.

– Mia figlia non ha amici – tagliò corto. – E se anche ne avesse, non sarebbero certo dei vagabondi come te. Vattene. Non abbiamo tempo da perdere.

Era la seconda volta in pochi minuti che qualcuno gli ordinava d'andarsene. E lui non era ancora riuscito a sapere cosa fosse successo alla sua amica.

– Me ne vado subito – si affrettò a rispondere. – Vorrei solo... salutarla.

La donna lo squadrò per l'ennesima volta, dall'alto in basso, chiaramente seccata per la sua insistenza.

Ma prima che potesse replicare, dal fondo del corridoio spuntò proprio Ananna: la figuretta esile, i capelli sciolti sulle spalle e un lungo scialle di lana stretto intorno al petto.

– Kengi... – mormorò la ragazza, a fatica. – Ho riconosciuto la tua voce.

Lui ebbe un tuffo al cuore. Ananna era pallidissima e smagrita. I suoi occhi, infossati, sembravano due macchie nere in una maschera di cera. Il respiro le usciva a fatica dalle labbra. Era così debole che aveva dovuto appoggiarsi al muro e adesso lo guardava dal fondo del corridoio con uno sguardo quasi implorante, come se non avesse la forza di fare un altro passo avanti.

Istintivamente Kengi fu sul punto di correre verso di lei. Sua madre lo precedette.

– Ananna, sei impazzita? – esclamò, andandole incontro. – Torna in camera tua!

– Lascia che Kengi venga con me – replicò la ragazza, debolmente.

– Non se ne parla nemmeno!

– Allora resto qui.

– Tu farai quello che dico io. Stai male. Non puoi affaticarti.

– Lascia che venga.

– Insomma, Ananna: cos'è questa storia? – scattò la donna, visibilmente irritata. – Chi è questo ragazzo?

Lei sembrò fare uno sforzo per fissarla negli occhi.

– Mamma: io non odio tutti, come te – rispose semplicemente.

Le sue parole gelarono l'aria. Accigliata, la donna ebbe un gesto di nervosismo e prese a fissarla, a denti stretti, come se fosse stata colpita da quell'osservazione e non sapesse cosa replicare. Per un tempo che a Kengi sembrò eterno, madre e figlia si scrutarono in un silenzio testardo, carico di sottintesi. E quel combattimento di sguardi fu come un lungo dialogo senza parole.

Finalmente la donna cedette.

– D'accordo – concesse, di malavoglia. – Ma solo un minuto.

Senza aggiungere altro, Ananna tornò lentamente verso la sua stanza, stringendosi lo scialle al petto. La madre e Kengi si affrettarono a seguirla.

Giunta in camera sua, la ragazza si sdraiò sulla stuoia e si coprì con una coperta di lana. Sua madre le appoggiò una mano sulla fronte.

– Scotti – mormorò. – Hai ancora la febbre alta.

Poi si voltò verso Kengi.

– Puoi restare solo un minuto – ripeté, la voce autoritaria. – Non stancarla. Ananna ha bisogno di riposo.

Lui annuì. La donna gli lanciò un'ultima

occhiata, poco convinta, e se ne andò, lasciandoli soli.

– Mi dispiace che tu ti sia preoccupato – mormorò Ananna. – Non ho potuto avvertirti. Speravo proprio che saresti venuto.

– Sarei dovuto venire prima – si rimproverò lui. – Ma che cos'hai?

Ananna scosse la testa.

– Lo stomaco mi fa molto male e non riesco a mangiare niente.

– Avete chiamato i medici?

– Sono venuti a visitarmi molte volte.

– E cos'hanno detto?

– Che non sanno cosa fare.

– Zio Ebil dice che i medici sono degli imbroglioni. Che fanno apposta a ritardare la guarigione del malato, per guadagnare di più.

– Forse di solito è così – concluse Ananna. – Ma in questo caso, non credo. Mia madre ha promesso che li pagherà dieci volte più del solito, se riusciranno a capire che cos'ho. Se potessero guarirmi subito, lo farebbero ben volentieri.

Kengi fece una smorfia.

– Tua madre è una donna strana – osservò.

– Mi vuole molto bene, a modo suo – rispose lei.

– Sì, questo l'ho capito. Ma continuava a guardarmi come io fossi uno spirito della notte, o un demone maligno. Come se avesse paura che potessi farti del male. Non le avevi mai parlato di me?

– Lei odia gli uomini: te l'ho detto. Se le avessi raccontato che incontro un ragazzo, ogni giorno, mi avrebbe proibito di vederti. Naturalmente, io avrei continuato a farlo lo stesso. Ma sarebbe stato più difficile.

Kengi si lasciò sfuggire una risatina.

– Perché ridi? – chiese Ananna.

– Sto pensando che sei più testarda di me – rispose lui. – E anche più coraggiosa. Non credo che tua madre riuscirebbe a proibirti di vedere qualcuno, se tu desideri farlo.

Ananna scosse di nuovo la testa.

– Mia madre ha scelto di vivere da sola – rispose, debolmente. – Per anni mi ha insegnato a disprezzare gli uomini e, all'inizio, io credevo che avesse ragione. Ma, da quanto ho conosciuto te, so che si sbaglia. Lei è una donna molto energica. Non è facile tenerle testa. Ma non riuscirà a dividerci.

– Non ci riuscirà nessuno – replicò lui, stringendole più forte la mano.

– Nessuno? – ripeté Ananna, la voce flebile. – Ereshkigal, dea della morte, potrebbe farlo.

Kengi sentì un tuffo al cuore.

– Perché dici queste cose? – replicò, accigliato.

– Ho paura – rispose lei. – Il dolore che provo allo stomaco è molto forte e mi fa pensare a tante cose.

– È solo una malattia – insistette Kengi, sforzandosi di nascondere il tremito che gli era salito improvvisamente nelle braccia.

– Forse – mormorò lei.

– Guarirai presto e tornerai a insegnarmi a leggere come prima.

– Forse – ripeté Ananna.

Kengi era sempre stato convinto che la ragazza dagli occhi neri avesse un carattere molto forte. Non aveva forse accettato d'essere la sola femmina, in tutta la storia di Sumer, che frequentava la Casa delle Tavolette? Non aveva forse affrontato i dispetti e gli scherzi dei suoi compagni di scuola, per anni, senza demoralizzarsi? Non aveva appena mostrato di sapersi opporre addirittura alla volontà di sua madre, se necessario? Scoprire che anche lei poteva avere paura, che anche lei poteva tremare al pensiero di un futuro oscuro e ignoto, lo sgomentava. Le si avvicinò ancora un poco, per farle sentire la sua presenza.

– Ti voglio bene, Ananna – mormorò.

– Anch'io – rispose lei, la voce flebile.

7
Tre giorni di vacanza

PUÒ ESISTERE un legame così forte che due persone non possono più fare a meno l'una dell'altra? Evidentemente sì. O, almeno, questo era ciò che Kengi si trovò a pensare dopo aver visto Ananna, pallida e sofferente, alle prese con la sua misteriosa malattia.

Nei giorni successivi andò a trovarla tutti i pomeriggi, dopo le lezioni, sotto lo sguardo severo della madre che lo accoglieva con aria sempre sospettosa. E ogni volta ebbe la stessa sensazione: Ananna era diventata una parte di lui. Se le fosse capitato davvero qualcosa d'irreparabile, non sarebbe riuscito a sopravvivere. Ne era certo.

Per fortuna, contrariamente a quelli che erano stati i timori della ragazza e le sue stesse paure, un po' alla volta la situazione cominciò a migliorare. Il terzo giorno, la febbre calò rapidamente. Il pomeriggio successivo, Ananna sentì un po' d'appetito e, per la prima volta da parecchio tempo, riuscì a mangiare qualcosa di solido.

– Lo so io cosa mi ha fatto guarire – dichiarò in quella occasione. – La presenza di Kengi: ecco cosa mi ha guarita!

Sua madre la fissò, accigliata, ma non fece commenti. In quell'attimo, Kengi vide passare negli occhi della donna un lampo di sorpresa e di preoccupazione. Anche se non la conosceva bene, gli sembrò d'indovinare i suoi pensieri. La donna si stava accorgendo che sua figlia era una persona diversa da quella che avrebbe voluto. Si stava accorgendo che era cresciuta e che, tra poco, avrebbe fatto delle scelte che lei, forse, non avrebbe approvato. In tutti quegli anni aveva tentato di educarla in modo che, da grande, le somigliasse il più possibile. Ma Ananna non era lei. Ananna era una persona diversa, nella mente e nel cuore. Ananna stava seguendo una strada tutta sua. E, adesso, quella scoperta improvvisa la spaventava un po', la metteva in ansia, come se fosse stata presa alla sprovvista da un fatto così naturale e non sapesse in che modo reagire. Chissà se capitava la stessa cosa a tutti i genitori?

In ogni modo, Ananna si rimise rapidamente dalla sua malattia e, un giorno, volle che Kengi portasse con sé lo stilo e le tavolette. Anche se era in via di guarigione, lei non sarebbe potuta uscire da casa ancora per un po'. Ma questa non era una buona ragione per dimenticare il lavoro interrotto.

Kengi (che, in quei giorni, non aveva potuto fare a meno di sentirsi un po' preoccupato anche per l'andamento dei suoi studi) fu ben contento di riprendere le lezioni pomeridiane. Ben presto si rese conto di non aver dimenticato nulla di ciò che aveva imparato grazie ad Ananna. L'aiuto della ragazza dagli occhi neri gli aveva permesso di raggiungere una discreta preparazione. Nonostante questo, ancora una volta quasi si stupì del fatto di sentirsi così tranquillo al pensiero dell'esame che si stava avvicinando.

Un pomeriggio ne parlò con lei, mentre si trovavano nel giardino della casa, ed ebbe la sorpresa di vederla ridere.

– Una volta ti lasciavi guidare solo dal cuore – osservò Ananna. – Adesso usi anche la testa. E la testa ti dice che hai lavorato bene. Che non hai motivo di preoccuparti. Cosa c'è di strano, se ti senti tranquillo?

Era vero e Kengi se ne rese conto subito. Il bambino orgoglioso, caparbio, un po' permaloso, che cinque mesi prima era arrivato a Ur con un grande sogno sulle spalle e una grande confusione nella testa, stava maturando in fretta.

Il mattino dopo, a scuola, maestro Duga comunicò agli studenti riuniti nel cortile che la Casa delle Tavolette sarebbe rimasta chiusa per tre giorni. I ragazzi aspettarono che il vecchio maestro si allontanasse. Poi si scatenarono in urla e salti di gioia. Nel paese delle Teste Nere era raro che la scuola venisse chiusa. Tre giorni di vacanza erano davvero una bella sorpresa.

Quel pomeriggio Kengi disse ad Ananna che, probabilmente, sarebbe tornato al villaggio per rivedere la sua famiglia e le chiese di accompagnarlo. La ragazza dagli occhi neri rispose che lo avrebbe fatto volentieri, ma non poteva allontanarsi da casa per tanto tempo. Anche se, ormai, era completamente guarita, sua madre non glielo avrebbe permesso. Allora Kengi disse che non sarebbe partito nemmeno lui e Ananna dovette faticare a convincerlo che era una decisione sciocca. Tutti e due si sentivano un po' tristi al pensiero di stare lontani per tre interi giorni. Ma, in fondo, si trattava di poco tempo. E lui non vedeva la sua famiglia da mesi.

Finalmente Kengi si convinse. Si diedero appuntamento alla riapertura della scuola, promettendosi reciprocamente di pensarsi ogni giorno. Quel pomeriggio non lavorarono. Rimasero in giardino a discutere di tutto e di niente, tenendosi per mano.

8
A casa!

IL NOBILE LUGARESI non dimenticava mai le sue promesse, anche se le aveva fatte parecchio tempo prima. Kengi se n'era accorto da un pezzo e, in quell'occasione, ne ebbe l'ennesima conferma.

Il giorno dopo, di buon'ora, trovò Irmu che lo aspettava nel cortile interno della casa. Appena erano stati proclamati i tre giorni di festa, il carrettiere aveva avuto ordine di accompagnarlo al villaggio e aveva preparato il suo carro davanti alla porta, con gli asini che scalpitavano, impazienti di muoversi. Irmu aveva anche un messaggio per lui, da parte del mercante. Il momento dell'esame era arrivato, gli disse. Maestro Duga, il Padre della Casa, aveva deciso di fargli sostenere la prova finale il giorno stesso della riapertura della scuola. Lui avrebbe dovuto quindi approfittare di quella breve vacanza per riposare in vista dell'ultimo impegno, concludeva il messaggio di Lugaresi. Riposare? Forse non sarebbe stato così facile. Kengi si sentiva nervoso e irrequieto. Non vedeva l'ora d'essere di nuovo a casa, ma, nello stesso tempo, aveva anche un po' di paura. Come lo avrebbero accolto Jasma e le cugine? Gli zii sarebbero stati contenti di rivederlo? La gente del villaggio lo avrebbe chiamato "matto", come quando era partito?

Nonostante il buonumore di Irmu e i suoi tentativi di farlo sorridere, per tutto il tragitto Kengi rimase silenzioso, un po' imbronciato. Il sole del mattino era caldo, il vento frusciava tra le palme e i contadini cantavano nei campi, ma lui quasi non se ne accorse. Quando le prime abitazioni d'argilla e paglia comparvero, finalmente, all'orizzonte, sentì che il cuore aveva preso a battergli forte nelle tempie. Aspettò che il carro si fermasse davanti alla sua casa, salutò Irmu che sarebbe tornato a prenderlo alla fine dei tre giorni e saltò giù.

Il suo arrivo non era passato inosservato. Intorno a lui si formò subito un capannello di donne e di bambini.

– Kengi!

– Guardate chi c'è!

– Correte! È tornato Kengi.

– Andate a chiamare Ebil!

Attratta dal vociare, zia Ninkilisu comparve sulla porta, lo vide, sgranò gli occhi e gli corse incontro.

– Kengi... Sei tornato, finalmente.

– Sì, zia: sono qui – rispose lui, emozionatissimo.

Le cugine gli si accalcarono intorno, ridendo.

– Smettetela di soffocarlo! – ordinò zia Ninkilisu. – Andate ad avvertire papà e Jasma, piuttosto.

La piccola Libbi corse subito verso i campi. Kengi, la zia e le altre due cugine entrarono in casa.

– Stai bene? – cominciò a chiedere zia Ninkilisu. – Hai mangiato? Hai sete? Vuoi riposare un po'?

– Calmati, zia – rispose Kengi, ridendo. – Non ho né fame né sete. E in quanto al riposo, ho viaggiato comodamente in un carro.

– Sei dimagrito – insistette lei, fissandolo con aria critica. – Ti avevo raccomandato di mangiare.

Prima che Kengi potesse replicare, sulla porta di casa comparvero zio Ebil e il cugino Jasma, sudati e sporchi di terra.

– Kengi!

Lui corse ad abbracciarli. Jasma gli batté una mano sulle spalle, ridendo.

– Sono contento di rivedervi – mormorò Kengi.

Lo fecero sedere su una stuoia e si sistemarono davanti a lui, in semicerchio. Zia Ninkilisu tirò fuori del pane all'uva e Kengi fu costretto a mangiare, anche se non aveva fame.

Tra un boccone e l'altro cercò di rispondere alle mille domande che continuavano a piovergli addosso. Come si viveva in città? Aveva conosciuto persone importanti? E la scuola? E il cibo? E gli altri ragazzi? Si sforzò di rispondere a tutto, meglio che poteva. Sì, la vita degli studenti era molto dura. No, non aveva conosciuto persone importanti, a parte il nobile Lugaresi, ma aveva visto all'opera schiavi, mercanti, servi, soldati, marinai, sacerdotesse, artigiani, bottegai, e aveva imparato moltissime cose sulla gente di città e sulle loro abitudini. Sì, il tempio di Nannar era grande e la ziqqurat che sorgeva al centro di Ur era davvero immensa. Ma, naturalmente, lui non era mai entrato nell'area sacra.

Raccontò tutto, mentre si sforzava di mangiare il pane all'uva. Descrisse la generosità del nobile Lugaresi e la gentilezza della vecchia Puabbi. Parlò di Irmu (quello strano carrettiere pieno di buon senso) e di maestro Duga, il Padre della Casa. Le uniche cose che tenne nascoste furono la prepotenza di maestro Azi e il tentativo di Hekun di farlo passare per un ladro. La sua famiglia si sarebbe allarmata e lui non voleva. Non parlò nemmeno di Ananna, ma per motivi diversi. La ragazza dagli occhi neri era un segreto che non si sentiva ancora pronto a dividere con altri.

A un certo punto la piccola Libbi gli chiese di farle vedere cosa aveva imparato a scuola. Kengi tracciò una decina di caratteri su una delle tavolette che aveva portato con sé e li lesse ad alta voce. Era un esercizio elementare, ma ne rimasero tutti molto impressionati.

Per quasi due ore continuò a soddisfare la curiosità dei suoi familiari meglio che poteva. Finalmente zia Ninkilisu dichiarò che doveva essere stanco e lo lasciarono libero. Kengi uscì e andò a sedersi sulla riva del fiume, insieme con Jasma. Fu il suo turno di fare domande. Cos'era successo, al villaggio, in quei mesi? Il lavoro nei campi procedeva regolarmente? I doni del nobile Lugaresi erano stati utili? Qualcuno si era fatto avanti per chiedere la mano della cugina più grande? Jasma rispose alle domande con molta serietà, come se fosse un funzionario statale che faceva rapporto al superiore. Mentre ascoltava il racconto del cugino, Kengi sentì che le preoccupazioni degli ultimi tempi erano scomparse definitivamente. Tornare a casa era stata una buona idea.

IL BREVE PERIODO che passò al villaggio fu per Kengi una vera vacanza. Era contento di rivedere il fiume e i campi coltivati. Gli faceva piacere parlare con gli amici e con i vicini di casa, ascoltando le ultime novità. Ogni passo che muoveva tra le abitazioni d'argilla e paglia, tra i canneti delle paludi, sugli argini dei canali artificiali, era un ricordo che tornava a riemergere nella sua testa. Un ricordo piacevole, fatto degli odori, dei sapori, dei colori di un tempo che gli sembrava già lontanissimo.

In quei giorni guidò gli asini e i buoi, impugnò la zappa, andò ad attingere l'acqua, diede una mano in cucina, partecipò alle periodiche operazioni d'irrigazione dei campi. Più volte zia Ninkilisu gli chiese di non fare nulla (per quel periodo doveva considerarsi un ospite, gli disse). Ma lui non volle ascoltarla. Anche le attività che, solo sei mesi prima, gli erano sembrate faticose, adesso avevano un sapore particolare.

Il villaggio era il mondo della sua infanzia e Kengi era felice di poterlo riscoprire come un vecchio gioco ancora pieno di sorprese. L'unico imbarazzo lo provò quando si rese conto che l'atteggiamento della gente nei suoi confronti era molto cambiato. Una volta, lui era stato il ragazzo un po' solitario da prendere in giro per la distrazione e la mania di fare domande strane. Adesso era il contadino che frequentava la scuola e che, un giorno, sarebbe diventato scriba, o forse addirittura funzionario del re: caso unico in tutta la storia di Sumer. La gente del villaggio provava un po' di soggezione per lui, e non poteva fare a meno di trattarlo con un rispetto esagerato, come se fosse diventato un personaggio importante. Le stesse persone che, appena sei mesi prima, avevano scosso la testa davanti a quel ragazzo mingherlino, incapace di guidare l'aratro o di prendere in mano una zappa senza stancarsi subito, ora sembravano quasi intimorite dalla sua presenza.

Alla fine del terzo giorno Irmu venne a riprenderlo. Kengi salutò i familiari, salì sul carro e si avviò, per tornare da Lugaresi. Sei mesi prima, lasciando il villaggio, aveva avuto le lacrime agli occhi e la sensazione che una parte importante della sua vita stesse per finire. Questa volta la partenza fu completamente diversa. Era vero: una parte della sua esistenza era finita. Ma ne era cominciata un'altra. Ora sapeva che la sua vita si sarebbe svolta per sempre a Ur. Sapeva che il suo futuro era legato allo stilo e alle tavolette d'argilla.

Non avrebbe mai fatto il contadino come Jasma, osservando il grano che cresceva e aspettando con ansia le inondazioni di primavera. Non avrebbe mai abitato nelle case di terra e di paglia lungo la riva del fiume, come gli zii e le cugine. Tornando al villaggio aveva capito che era terminata la sua infanzia. Ma lasciare qualcosa non significa perderla. La sua famiglia gli sarebbe rimasta nel cuore. Tornare alla casa dov'era nato, di tanto in tanto, parlare con gli amici e i conoscenti per ascoltare le ultime novità, gli avrebbe dato sempre una grande emozione. Sarebbe stato così, perché lui voleva così. Non era vero che gli Dei immortali decidono i destini del mondo. Il destino è nelle mani degli uomini e ciascuno si crea il proprio. Era la lezione più importante che sentiva di aver imparato in quei sei mesi.

Quando le ultime case del villaggio scomparvero nell'orizzonte arrossato dal tramonto, sorrise. La sua mente era già rivolta verso ciò che lo aspettava il giorno dopo.

9
La prova

E COSÌ, IL MOMENTO era arrivato.

Quella sera, tornando a Ur, Kengi trovò il nobile Lugaresi che lo aspettava in giardino. Nonostante re Shulgi fosse già partito per i confini del regno, alla testa del suo esercito, il mercante era rimasto in città, come gli aveva promesso.

Lugaresi (che appariva ancora molto stanco, ma si sforzava di non farlo vedere) lo accolse con gioia e gli chiese come avesse trascorso quel breve periodo di vacanza, insieme alla sua famiglia. Kengi gli raccontò tutto, passeggiando accanto a lui nel giardino della casa. Poi fece una cena leggera e andò a dormire, preparandosi mentalmente alla prova che l'aspettava il mattino seguente.

Sapeva d'aver studiato con impegno. Sapeva d'essersi esercitato più di quanto gli fosse stato chiesto di fare. Sapeva di aver imparato bene i caratteri dell'alfabeto compresi nel programma d'esame, soprattutto grazie all'aiuto di Ananna. Davanti agli Dei della terra e delle acque non avrebbe avuto nulla da temere, o da rimproverarsi. Ma gli avvenimenti degli ultimi mesi lo avevano reso prudente. Aveva scoperto che, nel mondo degli uomini, le cose non sono mai semplici come dovrebbero essere. E ora che l'esame era così vicino, si sentiva combattuto fra due sentimenti opposti: il desiderio di mostrare al più presto ciò che aveva imparato e la paura che il futuro, nonostante tutto, potesse riservargli l'ennesima, brutta sorpresa.

Quella notte dormì poco e male. Nell'oscurità della sua stanzetta, si svegliò più volte, di soprassalto, trovandosi a fissare il soffitto con gli occhi spalancati e le labbra secche, nel silenzio della casa addormentata.

– Nisaba, Dea della scrittura, tu sai che io ho fatto ciò che dovevo – si sorprese a mormorare, tra sé e sé, in una di queste occasioni. – Domani, quando impugnerò lo stilo, guida la mia mano.

Appena arrivò l'alba si alzò e in fretta si preparò. Quando anche Lugaresi fu pronto, si avviarono verso la scuola.

Maestro Duga e maestro Azi li stavano aspettando nella piccola stanza bene illuminata che, per sei mesi, aveva conosciuto le sue gioie e le sue umiliazioni.

– Salute a voi – disse il mercante, entrando.

– Salute a te, Lugaresi – rispose Duga, lisciandosi il gonnellino di lana. – Sono contento di rivederti, dopo tanto tempo. Gli Dei ti sono stati favorevoli, nella tua missione al servizio del re?

– Non posso lamentarmi, anche se preparare una guerra è sempre un triste compito – ribatté il nobile Lugaresi. – Ma, amico mio, oggi non siamo qui per parlare di noi. Oggi un'altra persona ha diritto alla nostra attenzione.

Maestro Duga sembrò accorgersi di Kengi solo in quel momento.

– È vero – ammise, fissandolo. – Sei mesi fa ti ho concesso di frequentare la Casa delle Tavolette per un periodo di prova. Ora il tempo è finito. Sta a te dimostrare che hai fatto tesoro di questa possibilità.

Il Padre della Casa aveva pronunciato quel discorsetto con tono sbrigativo e, nonostante l'agitazione, Kengi non aveva potuto fare a meno di notare la sua espressione indifferente, perfino un po' annoiata. Il vecchio scriba dalla testa calva era convinto che lui non ce l'avrebbe fatta a superare la prova e si preparava a esaminarlo solo perché lo aveva promesso. Sempre più intimorito, si limitò a rispondere con un cenno della testa, gli occhi bassi.

– Prima di tutto, ascolteremo il giudizio del tuo insegnante – riprese maestro Duga.

– Azi, cos'hai da dire sul giovane che ti era stato affidato?

Maestro Azi, che fino a quel momento si era tenuto in disparte, assunse un'espressione addolorata.

– Ciò che devo dire non è bello, purtroppo – rispose. – Io ho fatto quanto era in mio potere. Ma il ragazzo che mi è stato affidato ha un animo debole. In questi mesi si è rivelato pigro e indisciplinato. Spesso si è presentato in ritardo alle lezioni e, ancora più spesso, ha lasciato vuote le tavolette su cui avrebbe dovuto esercitarsi. Molte volte sono stato costretto a rimproverarlo per la sua disattenzione. Molte volte ho dovuto punirlo con la frusta. Tutto è stato inutile. Senza impegno non s'impara nulla: noi scribi lo sappiamo bene. E ciò che il giovane Kengi ha appreso, in questi mesi, è ben poca cosa. Quando scrive, la sua grafia è stentata e scorretta. Quando legge, la sua pronuncia è incerta. Mi dispiace doverlo dire, ma la realtà è questa: Kengi è un albero che non ha dato alcun frutto.

Kengi (che aveva seguito le parole del maestro a bocca aperta) ebbe un tremito. Che Azi parlasse male di lui, non lo sorprendeva affatto. Se l'era aspettato. Ma quelle bugie colpivano ugualmente il suo orgoglio. Nonostante tutto, non aveva creduto che lo scriba sarebbe stato capace di mentire fino a quel punto, con tanta ipocrita sicurezza. Forse si era perfino illuso che, alla fine, maestro Azi sarebbe tornato a essere ciò che era stato un tempo e che avrebbe ammesso, lealmente, la buona volontà dell'allievo. Le guance rosse, sentì la sua stessa voce che gridava:

– Non è vero! È un bugia!

Duga, il Padre della Casa, si voltò di scatto.

– Come osi dare del bugiardo al tuo maestro? – lo interruppe, seccamente. – Non esiste più alcun rispetto per l'autorità, nei giovani d'oggi?

Kengi si morse un labbro. Questa volta l'aveva combinata grossa.

– Padre della Casa... – cercò di giustificarsi.

– Taci!

– Ma io...

– Taci, ho detto! – ripeté il vecchio scriba, la voce tagliente. – Non aggravare la tua posizione. Maestro Azi è stato molto chiaro. Hai avuto la tua possibilità e l'hai sprecata, per pigrizia e mancanza di volontà. Rimprovera te stesso e non cercare scuse. Per quan to mi riguarda, l'esame è finito.

Disperato, Kengi sentì che stava per scoppiare in lacrime. Le affermazioni di Azi erano false. Davanti agli Dei, lui non meritava quelle accuse e quei rimproveri. Ma il Padre della Casa lo aveva già condannato, senza dargli nemmeno la possibilità di difendersi.

Il cuore in gola, si voltò verso il mercante che, in piedi accanto a lui, lo stava fissando, perplesso.

– Nobile Lugaresi – balbettò. – È ingiusto. Io... ho aspettato tanto questa prova. Mi era stata... promessa.

Per qualche momento il mercante continuò a fissarlo, accigliato. Poi guardò maestro Duga.

– Amico mio, questa è la tua scuola e io non intendo certo insegnarti a dirigerla – osservò, a disagio. – Tuttavia, le parole del mio giovane protetto non sono sbagliate. Sei mesi fa gli avevi promesso di esaminarlo personalmente. E una promessa va mantenuta. Chiedigli di scrivere qualcosa e di leggere ad alta voce. Poi giudica tu stesso. Questo solo ti chiedo, in nome della nostra amicizia.

Il Padre della Casa scosse la testa, ancora visibilmente irritato.

– Sarà inutile, Lugaresi – rispose, con voce grave. – Tu stesso hai ascoltato il giudizio del suo insegnante. Ma in fondo hai ragione: gli avevo promesso un esame.

Si avvicinò allo scaffale dov'erano allineate le tavolette d'esercitazione. Ne prese una e gliela porse.

– Copia con sicurezza e senza errori – gli ordinò, bruscamente.

Come in un brutto sogno, la testa annebbiata e un senso di vuoto nello stomaco, Kengi sedette sulla stuoia incrociando le gambe e impugnò lo stilo. La tavoletta che Duga aveva scelto era una delle prime, sullo scaffale. Lui l'aveva copiata mille volte. La conosceva a memoria. Eppure, nel momento in cui appoggiò la punta della cannuccia sull'argilla, si sentì prendere dal panico.

Nella stanza era calato un silenzio di pietra. Lo sguardo severo di Duga, quello ironico di Azi, quello preoccupato di Lugaresi lo innervosivano. Dovette fare uno sforzo per concentrarsi. Finalmente cominciò a scrivere.

Tracciare i primi caratteri gli costò una grande fatica. La tensione nervosa lo faceva tremare e, all'inizio, lui dovette procedere lentamente. Poi, poco a poco, il lungo allenamento ebbe la meglio. La sua mano si sciolse. I suoi gesti si fecero più rapidi. Lo stilo prese a scavare l'argilla con maggior sicurezza. Andò avanti per qualche minuto, una riga dopo l'altra. Finalmente terminò la copiatura e porse la tavoletta a maestro Duga, senza neppure riguardarla.

Il Padre della Casa cominciò a esaminare lo scritto in un silenzio minaccioso, lo sguardo severo. Poi, si avvicinò di nuovo allo scaffale, prese una seconda tavoletta e gliela porse.

– Copia con sicurezza e senza errori.

Kengi si accorse che maestro Azi aveva preso a osservarlo con un sorrisino divertito, come se pregustasse una sorpresa. Di nuovo dovette lottare contro la paura. La fronte bagnata di sudore, la schiena irrigidita, prese la tavoletta e la guardò. Era una di quelle che lui aveva studiato di nascosto. Una di quelle che non avrebbe mai conosciuto, se si fosse limitato a seguire gli ordini dello scriba. Maestro Azi si aspettava che lui non sapesse da che parte cominciare. Per questo sorrideva, divertito. Sforzandosi di rimanere calmo, lui impugnò lo stilo e ricominciò a scrivere.

La tensione nervosa era diventata ormai quasi insopportabile. La schiena gli faceva male, respirava a fatica e si sentiva bagnato di sudore. Ma di nuovo, superato il primo momento, la sua mano prese a tracciare i caratteri con sicurezza. Una riga dopo l'altra, Kengi completò anche la seconda copiatura e porse la tavoletta a Duga. Come la prima volta, il Padre della Casa esaminò lo scritto rapidamente, mentre il suo sguardo si faceva più duro. Poi alzò gli occhi.

– Leggi la tavoletta con voce chiara e senza errori – gli ordinò, fissandolo accigliato.

Kengi cominciò a sillabare ad alta voce. Anche quello era un esercizio che aveva ripetuto mille volte, con l'aiuto di Ananna. Nonostante la tensione, i suoni gli uscirono chiari dalle labbra, uno dopo l'altro. Solo quando ebbe terminato, si rese conto che non aveva nemmeno guardato la tavoletta. Conosceva quei caratteri così bene che li aveva pronunciati a memoria, senza leggerli. Rimase là, il cuore che gli batteva forte, in attesa del giudizio.

La fronte corrugata, il Padre della Casa lo fissò più intensamente. Poi si rivolse ad Azi che, immobile in fondo alla stanza, adesso sembrava perplesso e innervosito, quasi spaventato.

– Azi, portami la tavoletta che si trova sul mio tavolo, in biblioteca – gli ordinò seccamente.

Lo scriba si allontanò e ricomparve, due minuti dopo, con una grossa tavoletta fra le mani. Duga la porse a Kengi.

– Copia – gli ordinò, per la terza volta.

Kengi prese la tavoletta, la guardò e si sentì morire. Quella che maestro Duga gli ordinava di copiare era una lastra d'argilla cotta, rettangolare, larga almeno quaranta centimetri e coperta da un fitto intreccio di segni, piccoli e ravvicinati. I caratteri formavano un testo terribilmente lungo e complicato. Si trattava di un esercizio molto diverso da quelli che lui aveva svolto negli ultimi mesi. Alcuni dei segni gli erano familiari, ma la maggior parte non li aveva mai visti prima.

– Io... – balbettò.

– Copia! – ripeté Duga, bruscamente.

Kengi si affrettò ad abbassare lo sguardo. Ora capiva come doveva sentirsi un agnello legato all'albero, mentre vede avvicinarsi il lupo. Aveva lavorato duramente per sei mesi. Aveva studiato giorno e notte. Aveva pensato che la sua volontà e la sua costanza sarebbero state premiate. Ma non era così. La terza tavoletta che maestro Duga gli aveva ordinato di copiare era troppo difficile per un allievo alle prime armi come lui. Il Padre della Casa lo stava umiliando, volontariamente, mettendolo davanti a un esercizio impossibile. Non voleva che un contadino potesse frequentare la scuola, era chiaro. E usava quel mezzo sleale per costringerlo ad arrendersi.

Il cuore pesante, impugnò lo stilo e cominciò a tracciare i segni nell'argilla, sforzandosi di trattenere le lacrime di rabbia e di delusione. I caratteri che già conosceva non rappresentavano un problema. Ma gli altri (quelli che non aveva mai visto prima) erano molto difficili. Addirittura, alcuni sembravano diversi dai "chiodini" che lui aveva imparato a conoscere. Avevano una forma meno acuta, più rotondeggiante, come se fossero stati tracciati non con la punta di una cannuccia, ma con qualche altro mezzo. Cercò di copiarli ugualmente, facendo tesoro di ciò che aveva imparato. Ma la sua mano era incerta e lo stilo si fermava di continuo.

Dopo cinque minuti aveva copiato appena due righe. Ed era tutto inutile: lo capiva bene. Da un momento all'altro maestro Duga gli avrebbe ordinato di smettere, rimproverandolo per la sua incapacità. E forse Azi si sarebbe messo a ridere. Forse il nobile Lugaresi avrebbe scosso la testa, deluso. Il pensiero lo faceva stare male. La vergogna, la rabbia, la disperazione si mescolavano nel suo cuore come una poltiglia bruciante.

Nonostante tutto, per qualche minuto continuò a scrivere una riga dopo l'altra, mentre la mano gli tremava e il respiro gli si faceva pesante. Poi, di colpo, crollò. Lo sforzo era stato troppo grande. La testa gli rimbombava, come se il sangue volesse uscirgli dalle orecchie. La schiena irrigidita gli faceva male. Ed era inutile. Tutto inutile. Improvvisamente lasciò cadere lo stilo e scoppiò a piangere, piegandosi su se stesso. Tra i singhiozzi, si accorse appena che maestro Duga gli aveva tolto la tavoletta dalle mani.

– Lo so – mormorò. – Ho fallito. Non sarò mai uno scriba.

– Hai fallito? – ripeté maestro Duga, accigliato. – Tu credi di aver fallito? Hai completato i primi due esercizi con grande abilità, senza alcun errore, e hai letto i caratteri con sicurezza. In quanto alla terza tavoletta... è un problema di algebra che ho appena ricevuto dalla città di Kish. Un problema molto complesso, la cui copiatura metterebbe in difficoltà uno studente dell'ultimo corso. Tu ne hai copiato una parte, anche se molti dei caratteri (soprattutto i numeri) ti erano, certamente, sconosciuti. E tutto ciò, dopo appena sei mesi di studio e di allenamento. Credi davvero che questo significhi aver fallito?

S'interruppe. Bruscamente, si rivolse a

maestro Azi che si era addossato alla parete, come se volesse nascondersi.

– Questo sarebbe il ragazzo pigro e ribelle che, nonostante tutti i tuoi sforzi, non aveva imparato nulla? – chiese, la voce dura. – Questo sarebbe l'albero che non aveva dato alcun frutto? Vai ad aspettarmi in biblioteca, Azi. Ho molte cose da dirti.

Maestro Azi se ne andò di corsa. Duga fece un sospiro, la fronte corrugata.

– Credo di aver finalmente capito come stanno le cose – riprese, rivolto a Kengi. – Ho commesso un errore, affidandoti a un cattivo maestro. Tuttavia non è troppo tardi per rimediare. Non so come tu abbia fatto a imparare ciò che hai imparato, ma è chiaro che gli Dei sono con te. Sei ammesso alla scuola, Kengi. Da domani potrai seguire le lezioni regolari, come tutti gli altri. Insieme all'arte dello scrivere imparerai la matematica e la musica. Sono certo che ti farai onore.

Kengi si sentì avvampare.

– Grazie – balbettò.

– Ringrazia te stesso – concluse Duga. – Ciò che hai ottenuto è solo frutto della tua volontà.

Poi fece un cenno di saluto, si voltò e se ne andò in silenzio, come se fosse troppo imbarazzato per aggiungere altro. Ancora stordito, quasi incredulo, Kengi si accorse appena che Lugaresi gli aveva appoggiato una mano sulla spalla.

– Sono fiero di te – lo sentì dire.

– Signore... – mormorò.

– Non parlare – lo interruppe il mercante. – Ci sarà tempo, più tardi. Sappi solo che da molti anni non mi sentivo così orgoglioso. Ma adesso andiamo: devi riposare.

Con il cuore che sembrava volergli uscire dal petto, si lasciò guidare lungo i corridoi della scuola, verso l'uscita. Giunto nel cortile, vide che qualcuno lo stava aspettando, nascosto dietro una colonna del portico.

– Ananna! – gridò.

La ragazza accennò ad avvicinarsi, timidamente. Lui le corse incontro e la strinse forte.

– Ce l'ho fatta! Ce l'ho fatta.

– Ne ero sicura – rispose lei, a fatica, stretta nell'abbraccio che quasi le impediva di respirare.

– Bene, bene: questo è davvero un grande giorno – osservò Lugaresi, divertito. – Sei appena stato ammesso nella scuola e hai già trovato compagnia.

Kengi si voltò dalla sua parte, rosso in viso. Nella gioia di rivedere la ragazza, si era dimenticato di lui.

– Questa è Ananna – balbettò, imbarazzato. – Siamo... siamo amici.

– Avevo sentito parlare di uno studente femmina – replicò il mercante, con un sorriso. – Sono felice di conoscerti e di sapere che sei amica di Kengi.

– Vieni con noi – aggiunse lui, impulsivamente. – Ho mille cose da raccontarti.

– Devo tornare in classe – rispose Ananna. – Ho avuto il permesso di assentarmi solo per qualche minuto. Se ritardo troppo, sono guai.

– Ma...

– Lasciala andare, Kengi – concluse il mercante. – Anche lei ha un dovere da compiere. Avrete tempo di parlare, più tardi.

I due ragazzi si strinsero le mani, con un sorriso. Poi si separarono. Di nuovo Kengi prese a seguire Lugaresi, dirigendosi verso l'uscita.

Prima di lasciare il cortile della scuola non poté fare a meno di voltarsi indietro un'ultima volta. Immobile nello spiazzo assolato, Ananna lo stava osservando ancora, con uno sguardo dolce e fiero negli occhi neri.

– A domani – le gridò Kengi.

– A domani – rispose lei.

E in quelle due parole c'era una grande promessa.

Nota dell'autore

SCRIVERE UN ROMANZO storico significa, tra l'altro, prestare molta attenzione alla realtà dell'epoca in cui si svolge il racconto. Tuttavia capita, a volte, che l'autore sia costretto a modificare leggermente i fatti, per esigenze narrative. Credo sia importante, a questo proposito, spiegare alcune delle mie scelte.

I nomi dei personaggi del romanzo sono sumeri. Tuttavia, in alcuni casi sono stati modificati per renderli più semplici. I nomi sumeri originali, infatti, sono in genere troppo complicati per un giovane lettore di lingua italiana.

Nel nono capitolo del romanzo vediamo il mercante Lugaresi mentre è impegnato nella cosiddetta cena con i morti: il "kispu". Nello scrivere l'episodio, mi è piaciuto immaginare che Lugaresi, ancora molto legato al ricordo della moglie e del figlio, usi il "kispu" per in-

contrarli e parlare con loro. Nella realtà, il "kispu" era una cena rituale che veniva fatta una volta al mese, nelle vicinanze della tomba, e che serviva per nutrire i defunti. Secondo le credenze sumere, infatti, anche i morti avevano bisogno di mangiare, ogni tanto.

La protagonista femminile del romanzo, Ananna, è una ragazza che frequenta la scuola, per imparare l'arte della scrittura. Il personaggio è immaginario, ma non del tutto, come si potrebbe pensare. La storia sumera ci tramanda il ricordo di una donna scriba, anche se il suo caso rimane unico.

Anche se le tavolette sumere ci hanno tramandato il racconto della tipica giornata di uno studente, non sappiamo esattamente come fossero organizzate le scuole scribali, a quel tempo. Ho quindi preferito rifarmi all'organizzazione moderna, anche per rendere il tutto più comprensibile ai giovani lettori che, nella descrizione della scuola in cui studia Kengi, potranno sicuramente trovare qualcosa della loro. Tipicamente sumere, invece, sono la durezza e la ripetitività dei metodi usati dai maestri. Anche in questo caso, tuttavia, è presumibile che, nella realtà, la maggior parte degli insegnanti non fosse come maestro Azi.

Dizionario

Calendario: Secondo alcuni studiosi, il nostro calendario attuale non è che una derivazione di quello dei Sumeri, risalente a 5.000 anni fa. Infatti loro (come noi) dividevano l'anno solare in dodici mesi e i mesi in trenta giorni. Il loro anno invece cominciava in primavera, col mese di *nisam*, più o meno a cavallo tra marzo e aprile.

Canali: A differenza delle inondazioni del Nilo, quelle dei fiumi Eufrate e Tigri erano imprevedibili. Per poter sfruttare meglio l'acqua, i Sumeri costruirono una fitta rete di canali che servivano sia per l'irrigazione che per il drenaggio. Un canale particolarmente importante portava il nome di "Abbondanza del popolo". Ancora oggi questi canali rappresentano una meraviglia dell'ingegneria, e difficilmente è superabile la loro tecnica.

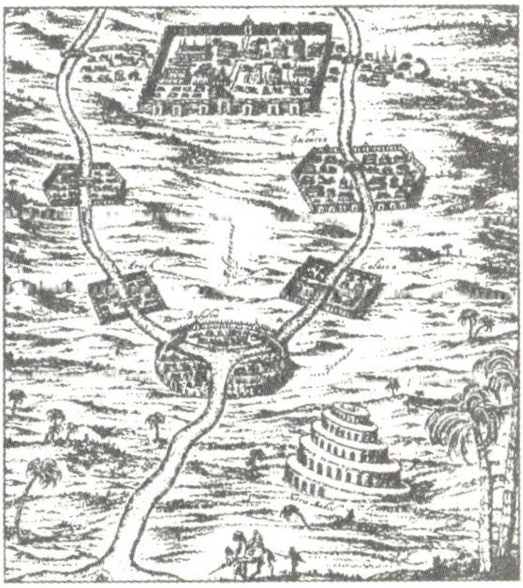

Questa incisione del secolo XVII mostra le città mesopotamiche attraversate dai fiumi Eufrate e Tigri.

Diluvio: In un paese come quello dei Sumeri, esposto alle inondazioni, prese corpo la leggenda – che poi raccolse la Bibbia – di un diluvio universale. Nelle tavolette di argilla sumere troviamo per la prima volta questo racconto, comune a molti popoli, di una catastrofe che sommerse il mondo e che segnò la divisione tra preistoria e storia.

Enlil: Questo dio del temporale, che all'inizio era il dio di solo una città (Nippur, al nord di Uruk) diventò poi il capo di tutti gli dei sumeri (una specie di Giove locale) e venne adorato come creatore del mondo degli uomini. Era lui che possedeva la Tavoletta dei Destini, dove stava scritto il futuro del mondo.

Enki: Anche questo dio fu prima una divinità locale (della città di Eridu, dove aveva il suo tempio più importante) dell'ac-

qua. Poi divenne il dio positivo per antonomasia, amico degli uomini, che istruiva in tutte le arti e i mestieri. Il dono più prezioso che i Sumeri gli attribuivano era proprio quello della scrittura.

Ereshkigal: I Sumeri chiamavano l'Aldilà "Terra senza ritorno". Questa era la dea del mondo sotterraneo, buio e triste, circondato da sette mura. Abitava in un palazzo con sette porte, ciascuna delle quali aveva sette serrature.

Eufrate: Insieme al Tigri, è il grande fiume che scorre nella pianura di Sumer, chiamata perciò "Mesopotamia" (*meso*, entro; *potamoi*, fiumi). Nell'antichità i due fiumi non si incontravano come adesso, ma sfociavano nel golfo Persico separatamente. L'Eufrate era un'importantissima via di comunicazione e di commercio, in quanto permetteva la navigazione di grosse barche e addirittura di vere e proprie navi.

Gilgamesh: È il supremo eroe delle leggende sumere, ma può darsi che sia un personaggio davvero esistito, e che sia stato uno dei re della città di Uruk. Nel poema a lui dedicato affronta una serie di prove dure e pericolose, tra cui la più famosa è la ricerca del fiore che dona l'immortalità.

Immagine di Gilgamesh, protagonista del poema più antico dell'umanità.

Kengi: I Sumeri chiamavano la propria terra "Kengi" (o Kiengi), che significa "Teste nere". Con questo volevano indicare che erano un popolo mortale, a differenza degli dei immortali. Le loro origini sono incerte: c'è chi pensa provenissero dalla valle dell'Indo, e chi dai monti del Caucaso, a nord della Mesopotamia.

Khendursanga: Era una delle tantissime divinità minori, protettrice dei malati. Ancora oggi è possibile vedere nel sito archeologico di Ur i resti di

Questo rilievo di Lagash mostra una scena di raccolta di cereali tra i Sumeri verso il 2500 a.C.

una cappella in suo onore, sulla cui facciata è dipinto un grande demone rosso.

Mare Inferiore: Così i Sumeri chiamavano il Golfo Persico, per distinguerlo dal Mediterraneo o mare Superiore. All'epoca, il golfo era molto più esteso verso nord di quanto non sia oggi, dopo che per migliaia di anni si sono accumulati depositi alluvionali.

Nannar: Era il dio della Luna, divinità protettrice della città di Ur. A lui era dedicata la ziqqurat che sorgeva al centro della città, che era la più grande e la più alta di tutte (17 metri). Ancora oggi i resti di questa ziqqurat sono i meglio conservati.

Scrittura: È la più importante invenzione della civiltà sumera, con la quale venne creata la prima letteratura scritta della storia. Secondo la leggenda, la scrittura era stata donata dagli dei, attraverso il mitico saggio Oannis, l'uomo-pesce. Probabilmente iniziò nella città di Uruk, più di 5.000 anni fa. Originariamente si trattò di pit-

In questa stele di Ur del 2100 a. C. sono rappresentati il re e le divinità del sole e della luna (Nannar).

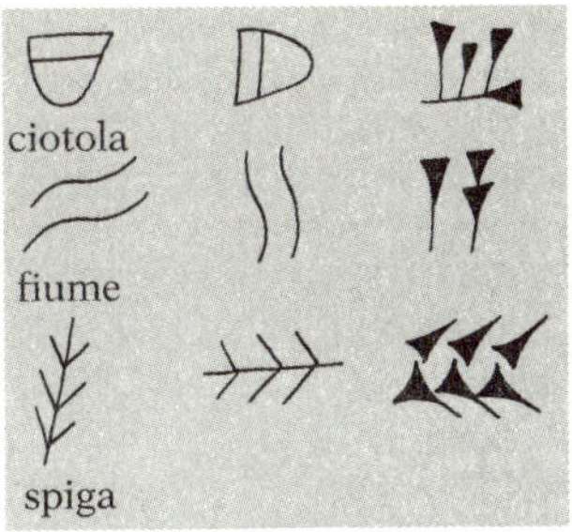

Alcuni esempi di come si passò dai pittogrammi alla scrittura cuneiforme.

togrammi, disegni che riproducevano gli oggetti. Dai pittogrammi si passò poi a un insieme di caratteri (originariamente più di 1.200, poi ridotti a 500) a forma di piccoli cunei. Per questo la si chiama scrittura *cuneiforme*.

Shulgi: È il sovrano che fondò il primo impero mesopotamico, grazie a una serie di fortunate campagne militari contro le terre del nord e del nord-ovest, verso il 2100 a.C. Fu il primo sovrano sumero a essere divinizzato in vita e ad assumere il titolo di "Re delle quattro parti del mondo".

Sigillo cilindrico: È uno degli oggetti più caratteristici della civiltà sumera. Consisteva in un cilindretto, lungo solo da uno a tre centimetri, che si portava al collo ed era intagliato con figure. Si utilizzava facendolo rotolare sulla tavoletta d'argilla ancora fresca. Serviva per firmare i documenti e anche per riempire gli spazi vuoti, impedendo che qualcuno potesse aggiungere qualcosa sulle tavolette.

Statuetta di Ebi-il, uno scriba amministratore della città di Mari.

Tavolette: I Sumeri scrivevano su tavolette di argilla fresca, che poi facevano cuocere. Saper scrivere era molto difficile, e gli scribi rappresentavano una casta professionale molto potente.
La scrittura cuneiforme sumera (che era sillabica) fu adottata in tutto il mondo antico per secoli, finché non venne soppiantata da quello che oggi chiamiamo "alfabeto", di origine fenicia.

Ur: Fu una delle più importanti città sumere. La Bibbia la cita come la città dov'era nato e da dove partì Abramo. Sorgeva sulla riva dell'Eufrate, a una ventina di chilometri (allora) dal Golfo Persico. Era attraversata da un canale fluviale, con due porti. Al centro della città sorgeva la grande ziqqurat. È famosa come sito archeologico perché vi si scoprirono le cosiddette "tombe reali".

Uruk: L'attuale Warka irachena era un'altra delle grandi città sumere. Nel sito archeologico sono state ritrovate le tavolette più antiche, risalenti a circa 5.000 anni fa. Si diceva che le sue mura, lunghe nove chilometri, fossero state costruite dal mitico eroe Gilgamesh.

Rappresentazione di una ziqqurat secondo la descrizione che ne fece il greco Strabone.

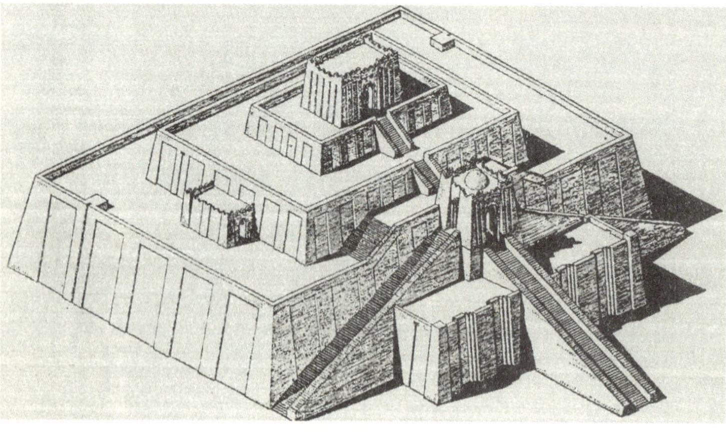

Ziqqurat: È il tipico tempio mesopotamico, a gradoni, che rappresentava l'incontro con la divinità celeste. Siccome nella loro terra c'erano poche pietre, i Sumeri costruirono i templi con milioni di mattoni. La ziqqurat più grande fu quella di Ur, ma la più famosa fu quella posteriore di Babilonia, dedicata al dio Marduk. La "torre di Babele" della Bibbia era probabilmente una ziqqurat. Il fatto che per costruirla fossero necessari migliaia di uomini, sovente provenienti da paesi con lingue diverse, poté suggerire all'autore biblico l'idea per il racconto sulla confusione delle lingue.

Indice